Anonymous

Antient and Modern Scotish Songs Heroic Ballads

Vol. I.

Anonymous

Antient and Modern Scotish Songs Heroic Ballads
Vol. I.

ISBN/EAN: 9783744793469

Printed in Europe, USA, Canada, Australia, Japan

Cover: Foto ©Andreas Hilbeck / pixelio.de

More available books at **www.hansebooks.com**

SCOTISH SONGS

Heroic Ballads &c

In two Volumes

VOL. I.

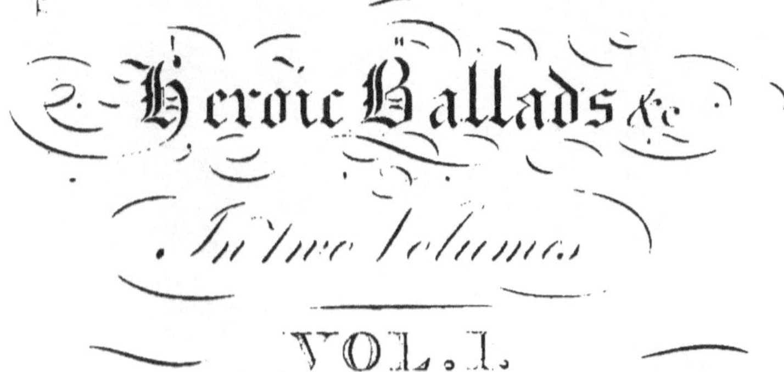

EDINBURGH.

Printed for Lawrie and Symington

No. 28. Parliament Square

HARDYKNUTE,

AN HEROIC BALLAD.

PART I.

STATELY ſtapt he eaſt the ha,
　And ſtately ſtapt he weſt :
Full ſeventy zeirs he now had ſene,
　With ſkerce ſevin zeirs of reſt.
He livit quhen Britons breach of faith　　5
　Wroucht Scotland meikle wae;
And ay his ſword tauld to their ſkaith,
　He was their deadly fae.

Hie on a hill his caſtle ſtude,
　With halls and towirs a hicht,　　10
And guidly chambers fair to ſee,
　Quhair he lodgit mony a knicht.

A.

His dame fae peirlefs anes and fair,
 For chaft and bewtie fene,
Nae marrow had in a the land,   15
 Saif Emergard the quene.

Full thirtein fons to him fhe bare,
 All men of valour flout ;
In bludy fecht with fword in hand
 Nyne loft their lives bot doubt ;   20
Four zit remain, lang mote they live
 To ftand by liege and land :
Hie was their fame, hie was their micht,
 And hie was their command.

Great luve they bare to Fairly fair, 25
 Their fifter faft and deir ;
Her girdle fhawd her middle gimp,
 And gowden glift her hair.
Quhat waefou wae her bewtie bred,
 - Waefou to zung and auld,   30
Waefou I trow to kyth and kin,
 As ftory ever tauld !

The King of Norfe, in fummer tyde,
 Puft up wi powir and micht,
Landed in fair Scotland the yle,   35
 Wi mony a hardy knicht.
The tydings to our gude Scots King
 Came, as he fat at dyne,
Wi noble chiefs in braive aray,
 Drinking the blude-reid wyne.   40

" To horfe, to horfe, my royal Liege,
  " Zour faes ftand on the ftrand ;
" Full twenty thoufand glittering fpears
  " The Chiefs of Norfe command."
" Bring me my ftead Mage dapple gray,"   45
  Our gude King raife and cry'd,
" A truftier beift in all the land
  " A Scots King nevir feyd.

" Gae, little page, tell Hardyknute,
  " Wha lives on hill fae hie,   50
" To draw his fword, the dreid of faes,
  " And haft and follow me."
The little page flew fwift as dart
  Flung by his mafter's arm :
" Cum down, cum down, Lord Hardyknute, 55
  " And rid zour King frae harm."

Then reid reid grew his dark brown cheiks,
  Sae did his dark brown brow ;
His luiks grew kene, as they were wont,
  In danger grit, to do :   60
He hes tane a horn as grene as glafs,
  And gien five founds fae fhrill,
That treis in grene wod fchuke thereat,
  Sae loud rang ilka hill.

His fons in manly fport and glie   65
  Had paft that fummer's morn,
Quhen low, down in a graffy dale
  They heard their father's horn :

A 2

That horn, quoth they, neir founds in peace ;
   We haif other fport to byde :   70
And fune they hey'd them up the hill,
   And fune were at his fide.

" Late late zeftrene I weind in peace
   " To end my length'ned life,
" My age micht weil excufe my arm   75
   " Frae manly feats of ftryfe ;
" But now that Norfe dois proudly boaft
   " Fair Scotland to inthrall,
" It's neir be faid of Hardyknute,
   " He fear'd to fecht or fall.   80

" Robin of Rothfay, bend thy bow;
   " Thy arrows fchute fae leil,
" That mony a comely countenance
   " They haif turned to deadly pale.
" Brave Thomas, tak ze but zour lance,   85
   " Ze neid nae weapons mair,
" Gif ze fecht wie't as ze did anes
   " Gainft Weftmorland's ferce heir.

" And Malcolm, licht of fute as ftag
   " That runs in foreft wyld,   90
" Get me my thoufands thrie of men,
   " Weil bred to fword and fchield ;
" Bring me my horfe and harnifine,
   " My blade of metal clear :
" If faes but kend the hand it bare,
   " They fune had fled for feir.

" Farewcil my dame sa peirlefs gude,
    " (And tuke hir by the hand),
" Fairer to me in age zou feem,
    " Than maids for bewtie fam'd :   100
" My zoungeft fon fall here remain
    " To guard thefe ftately towirs,
" And fchut the filver bolt that keips
    " Sae faft zour painted bowirs."

And firft fhe wet hir comely cheiks,   105
    And then hir bodice grene,
The filken cords of twirtle twift,
    Weil plait with filver fchene;
And apron fet with mony a dice
    Of neidle-wark fae rare,   110
Wove by nae hand, as ze may guefs,
    Saif that of Fairly fair.

And he has ridden owre muir and mofs,
    Owre hills and mony a glen,
Quhen he came to a wounded knicht,   115
    Making a heavy mane;
" Here maun I lye, here maun I dye,
    " By treacherie's falfe gyles ;
" Witlefs I was that eir gaif faith
    " To wicked woman's fmyles."   120

" Sir Knicht, gin ze were in my bowir,
    " To lean on filken feat,
" My ladyis kyndlie care zou'd prove,
    " Quha neir kend deidly hate :

A 3

" Hirfell wald watch ze all the day,   125
  " Hir maids at deid of nicht;
" And Fairly fair zour heart wald cheir,
  " As fhe ftands in zour ficht.

" Aryfe, young knicht, and mount zour fteid,
  " Bright lows the fhynand day :   130
" Chufe frae my menzie quhom ze pleis
  " To leid ze on the way."
Wi fmylefs luke, and vifage wan,
  The wounded knicht reply'd
" Kind chiftain, zour intent purfue,   135
  " For heir I maun abyde.

" To me nae after day nor nicht
  " Can eir be fweit or fair,
" But fune beneath fum draping tree
  " Cauld dethe fall end my care."   140
Still him to win ftrave Hardyknute,
  Nor ftrave he lang in vain ;
Short pleiding eithly micht prevale,
  Him to his lure to gain.

" I will return wi fpeid to bide   145
  " Your plaint, and mend your wae :
" But private grudge maun neir be quell'd,
  " Before our countrie's fae.
" Mordac, thy eild may beft be fpaird
  " The fields of ftryfe fraemang ;   150
" Convey Sir knicht to my abode,
  " And meife his egre pang."

Syne he has gane far hynd attowre
   Lord Chattan's land sae wyde;
That Lord a worthy wicht was ay,   155
   Quhen faes his courage feyd:
Of Pictish race by mother's fyde,
   Quhen Picts rul'd Caledon,
Lord Chattan claim'd the princely maid,
   Quhen he faift Pictish crown.   160

Now with his ferce and ftalwart train,
   He recht a ryfing heicht,
Quhair braid encampit on the dale,
   Norfe menzie lay in ficht.
" Zonder, my valiant fons and ferce,   165
   " Our raging rievers wait,
" On the unconquerit Scottifh fwaird,
   " To try with us their fate.

" Mak orifons to Him that faift
   " Our fauls upon the rude;   170
" Syne braifly fchaw zour veins are fill'd
   " Wi Caledonian blude."
Then furth he drew his trufty glaive,
   Quhile thoufands all around,
Drawn frae their fheaths glanft in the fun,   175
   And loud the bugils found.

To join his King adown the hill,
   In hafte his merch he made,
Quhile, playand pibrochs, minftrals meit,
   Afore him ftately ftrade.   180

A 4

" Thryfe welcum valiant ftoup of weir,
  " Thy nations fcheild and pryde;
" Thy king nae reafon has to feir
  " Quhen thou art be his fyde."

Quhen bows were bent and darts were thrawn,
  For thrang fcarce could they fiie,   186
The darts clave arrows as they met,
  Eir fais their dint mote drie.
Lang did they rage and fecht fu ferce,
  Wi little fkaith to man;   190
But bludy bludy was the field,
  Or that lang day was done.

The King of Scots that findle bruik'd
  The war that lukt like play,
Drew his braid fword, and brake his bow,   195
  Sen bows feimt but delay.
Quoth noble Rothfay, " Myne I'll keip,
  " I wate its bleid a fkore."
" Haft up, my merry men," cry'd the King,
  As he rade on before.   200

The King of Norfe he focht to find,
  Wi him to menfe the faucht,
But on his forehead there did licht
  A fharp unfonfie fhaft :
As he his hand pat up to feil   205
  The wound, an arrow kene,
O waefou chance ! there pinn'd his hand
  In midft atween his ene.

" ·Revenge, revenge !" cry'd Rothſay's heir,
  " Your mail-coat ſall nocht byde   210
" The ſtrength and ſharpneſs of my dart :"
  Then ſent it throuch his ſyde.
Anither arrow weil he markt,
  It perc'd his neck in twa ;
His hands then quat the ſilver reins,   215
  He law as eard did fa.

" Sair bleids my Liege, ſair ſair he bleids !"
  Again with micht he drew,
And geſture dreid, his ſturdy bow,
  Faſt the braid arrow flew :   220
Wae to the knicht he ettled at,
  Lament now, Queen Elgreid,
Hire dames to wail zour darling's fall,
  His zouth and comely meid.

" Tak aff, tak aff his coſtly jupe,   225
  " (Of gold weil was it twyn'd,
" Knit lyke the fowler's net, throuch quhilk
  " His ſteily harneſs ſhyn'd),
" Tak Norſe that gift frae me, and bid
  " Him venge the bluid it weirs ;   230
" Sae, if he face my bended bow,
  " He ſure nae weapon feirs."

Proud Norſe with giant body tall,
  Braid ſhoulder and arms ſtrong,
Cry'd, " Quhair is Hardyknute ſae fam'd, 235
  " And feir'd at Briton's throne ?

A 5

' " Tho' Britons tremble at his name,
    " I fune fall mak him wail,
" That eir my fword was made fae fharp,
    " Sae faft his coat of mail."   240

That brag his ftout heart coud na byde,
    It lent him zouth fou micht;
" I'm Hardyknute. This day," he cry'd,
    " To Scotland's king I hecht/
" To lay thee law, as horfe's hufe;   245
    " My word I mean to keip."
Syne with the firft dint eir he ftrake,
    He garr'd his body bleid.

Norfe ene like gray gofehauk ftair'd wyld,
    He ficht wi fhame and fpyte;   250
" Difgrac'd is now my far-fam'd arm,
    " That left thee power to ftryke:"
Syn gaif his head a blaw fae fell,
    It made him down to ftoup,
Sae law as he to ladies ufit   255
    In courtly guife to lout.

Full foon he rais'd his bent body,
    His bow he marvell'd fair,
Sen blaws till then on him but darr'd
    As touch of Fairly fair :   260
Norfe ferlit too as fair as he,
    To fee his ftately luke;
Sae fune as eir he ftrake a fae,
    Sae fune his lyfe he tuke.

Quhair, like a fyre to hether fet,   265
   Bauld Thomas did advance,
A fturdy fae, with luke enrag'd,
   Up towards him did prance;
He fpurr'd his fteid throw thickeft ranks,
   The hardy zouth to quell,   270
Quha ftude unmovit at his approach,
   His furie to repel.

" That fchort brown fhaft fae meanly trim'd,
   " Lukes lyke poor Scotland's gier;
" But driedfu feims the rufty point !"   275
   and loud he leuch in jeir.
" Aft Briton's blude has dimm'd its fchyne;
   " Its poynt cut fchort their vaunt :"
Syne pierc'd the bofter's bearded chiek;
   Nae tyme he tuke to taunt.   280

Schort quhyle he in his fadill fwang,
   His ftirrup was nae ftay;
Sae feible hang his unbent knee,
   Sure taken he was fey :
Swith on the harden'd clay he fell,   285
   Richt far was heard the thud;
But Thomas luk'd not as he lay
   All waltering in his blude.

Wi cairles gefture, mind unmov'd,
   On raid he north the plain;   290
He feim in peace or fierceft ftryfe,
   Ay recklefs and the fame;

A 6

Nor zit his heart dames dimpel'd chiek
    Could meife faft luve to bruik,
Till vengeful Ann return'd his fcorn,   295
    Then languid grew his luke.

In thraws of death, wi wallow't cheik,
    All panting on the plain,
The bleiding corps of warriors lay,
    Neir to aryfe again :   300
Neir to return to native land,
    Nae mair wi blythfom founds
To boaft the glories of that day,
    And fchaw their fhynand wounds.

There on a lee, quhair ftands a crofs,   305
    Set up for monument,
Thoufands fu ferce that fummer's day
    Fill'd kene Wars black intent.
Let Scots, quhile Scots, praife Hardyknute,
    Let Norfe the name ay dried :   310
Ay how he faucht, aft how he fpair'd,
    Sal lateft ages reid.

On Norway's coaft the widow't dame
    May wafh the rocks wi teirs,
May lang luke owre the fchiples feis   315
    Before hir mate appeirs.
Ceife, Emma, ceife to hope in vain ;
    Thy Lord lyis in the clay ;
The valziant Scots nae rievers thole
    To carry lyfe away.   320.

Loud and chill blew the weftlin wind,
  Sair beat the heavy fhowir,
Mirk grew the nicht, eir Hardyknute
  Wan neir his ftately towir.
His towir that us'd with torches bleife   325
  To fhyne fae far at nicht,
Seem'd now as black as mourning weid;
  Nae marvel fair he fich'd.

" Thair's nae licht in my lady's bowir,
  " Thair's nae licht in my ha;   330
" Nae blink fchynes round my Fairly fair,
  " Nor ward ftands on my wa.
" Quhat bodes it ? Robert----Thomas, fay ?"----
  Nae anfwer fits their dried.
" Stand back, my fons, I'll be zour gyde :" 335
  But by they paft wi fpeid.

" As faft I ha fped owr Scotland's faes----"
  There ceis'd his brag of weir,
Sair fham'd to mind ocht but his dame,
  And maiden Fairly fair.   340
Black feir he felt, but wha to feir
  He wift nae yet wi dreid :
Sair fhuke his body, fair his limbs,
  And a' the warriour flied.

PART II.

" Return, return, ye men of bluid,
 " And bring me back my chylde !"
A dolefu voice frae mid the ha
 Reculd, wi echoes wylde.
Beſtraught wi dule and dreid, nae pouir 5
 Had Hardyknute at a ;
Full thriſe he raught his ported ſpier,
 And thriſe he let it fa.

" O haly God, for his deir ſake,
 " Wha ſav'd us on the rude"—— 10
He tint his praier, and drew his glaive,
 Yet reid wi Norland bluid.
" Brayd on, brayd on, my ſtalwart ſons,
 " Grit cauſe we ha to feir ;
" But ay the canny ferce contemn 15
 " The hap they canna veir."

" Return, return, ye men of bluid,
 " And bring me back my chylde !"
The dolefu voice frae mid the ha
 Recul'd wi echoes wylde. 20

The ſtorm grew ryfe, throuch a the lift
  The rattling thunder rang
The black rain ſhour'd, and lichtning glent
  Their harniſine alang.

What feir poſſeſt their boding breeſts   25
  Whan, by the gloomy glour,
The caſtle ditch wi deed bodies
  They ſaw was fill'd out owr !
Quoth Hardyknute, " I wold to Chryſte
  " The Norſe had wan the day,   30
" Sae I had keipt at hame but anes,
  " Thilk bluidy feats to ſtay."

Wi ſpeid they paſt, and ſyne they recht
  The baſe-courts ſounding bound ;
Deip groans ſith heard, and throuch the mirk 35
  Luk'd wiſtfully around.
The moon, frae hind a ſable cloud,
  Wi ſudden twinkle ſhane,
Whan, on the caldriff eard, they fand
  The gude Sir Mordac layn.   40

Beſprent wi gore, fra helm to ſpur,
  Was the trew-heartit knicht ;
Swith frae his ſteid ſprang Hardyknute
  Muv'd wi the heavy ficht.
" O ſay, thy maſter's ſheild in weir,   45
  " His ſawmen in the ha,
" What hatefu chance cold ha the pouir
  " To lay thy eild ſae law !"

To his complaint the bleiding knicht
  Return'd a piteous mane,   50
And recht his hand, whilk Hardyknute
  Claucht ſtreitly in his ain :
" Gin eir ye ſee lord Hardyknute,
  " Frae Mordac ye maun ſay,
" Lord Draffan's treaſoun to confute   55
  " He uſ'd his ſteddieſt ſay."

He micht na mair, for cruel dethe
  Forbad him to proceid ;
" I vow to God, I winna ſleip
  " Till I ſee Draffan bleid.   60
" My ſons, your ſiſter was owr fair :
  " But bruik he ſall na lang
" His gude betide ; my laſt forbode
  " He'll trow belyve na ſang.

" Bown ye my eydent friends to kyth
  " To me your luve ſae deir ;   65
" The Norſe' defeat mote weill perſuade
  " Nae riever ye neid feir."
The ſpeirmen wi a michty ſhout,
  Cry'd, " Save our maſter deir !
" While he dow beir the ſway bot care   70
  " Nae riever we ſall feir."

" Return, return, ye men of bluid,
  " And bring me back my chylde !"
The dolefu voice frae mid the ha
  Recul'd wi echoes wylde.   75

"" I am to wyte, my valiant friends :"
  And to the ha they ran ;
The stately dore full streitly steiked
  Wi iron boltis thrie they fand.

The stately dore, thouch streitly steiked   80
  Wi waddin iron boltis thrie,
Richt sune his might can eitly gar
  Frae aff its hinges flie.
" Whar ha ye tane my dochter deir ?
  " Mair wold I see her deid,   85
" Than see her in your bridal bed,
  " For a your portly meid.

" What thouch my gude and valiant lord
  " Ly stretcht on the cauld clay ?
" My sons the dethe may ablins spair   90
  " To wreak their sister's wae."
Sae did she crune wi heavy cheir,
  Hyt luiks, and bleirit eyne ;
Then teirs first wet his manly cheik
  And snowy baird bedeene.   95

" Na riever here, my dame sae deir,
  " But your leil lord you see ;
" May hiest harm betide his life
  " Wha brocht sic harm on thee !
" Gin anes ye may believe my word,   100
  " Nor am I us'd to lie,
" By day-prime he or Hardyknute
  " The bluidy death shall die."

The ha, whar late the linkis bricht
   Sae gladfum fhin'd at een,   105
Whar penants gleit a gowden bleife
   Our knichts and ladys fhene,
Was now fae mirk, that, throuch the bound,
   Nocht mote they wein to fee
Alfe throuch the fouthren port the moon   101
   Let fa a blinkand glie.

" Are ye in fuith my deir luv'd lord !"
   Nae mair fhe docht to fay,
But fwounit on his harneft neck
   Wi joy and tender fay.   115
To fee her in fic balefu fort,
   Revived his felcouth feirs ;
But fune fhe raif'd her comely luik,
   And faw his fa'ing tears.

" Ye are nae wont to greit wi wreuch,   120
   " Grit caufe ye ha I dreid ;
" Hae a our fons their lives redem'd
   " Frae furth the dowie feid ?
" Saif are our valiant fons, ye fee,
   " But lack their fifter deir ;   12.
" When fhe's awa, bot any doubt,
   " We ha grit caufe to feir."

" Of a our wrangs, and her depart,
   " Whan ye the fuith fall heir,
" Na marvel that ye ha mair caufe,   130
   " Than ye yit weit, to feir.

" O wharefore heir yon feignand knicht
  " Wi Mordac did you fend?
" Ye funer wald ha perced his heart,
  " Had ye his ettling kend."   135

" What may ye mein my peirles dame ?
  " That knicht did muve my ruthe
" We balefu mane ; I didna doubt
  " His curtefie and truthe.
" He maun ha tint wi fma renown   140
  " His life in this fell relief ;
" Richt fair it grieves that he heir
  " Met fic an ill relief."

Quoth fhe, wi teirs that down her cheiks
  Ran like a filver fhouir,   145
" May ill befa the tide that brocht
  " That faufe knicht to our tour :
" Ken ye na Draffan's lordly port,
  " Thouch cled in knichtly graith,
" Tho hidden was his hautie luik,   150
  " The vifor black benethe ?

" Now, as I am a knicht of weir,
  " I thocht his feeming trew ;
" But, that he fae deceived my ruthe,
  " Full fairly he fall rue."   155
" Sir Mordac to the founding ha
  " Came wi his cative fere ;"
" My fire has fent this wounded knicht
  " To pruve your kyndlie care.

" Your fell maun watch him a the day, 160
" Your maids at deid of night ;
" And Fairly fair his heart maun cheir
" As fhe ftands in his ficht."
" Ne funer was Sir Mordac gane,
" Than up the featour fprang ;" 165
" The luve alfe o your dochtir deir,
" I feil na ither pang.

" Tho Hardyknute lord Draffan's fuit
" Refuf'd wi mickle pryde ;
" By his gude dame and Fairly fair 170
" Let him not be deny'd."
" Nocht muvit wi the cative's fpeech,
" Nor wi his ftern command ;
" I treafoun ! cry'd, and Kenneth's blade
" Was glifterand in his hand. 175

" My fon lord Draffan heir you fee,
" Wha means your fifter's fay
" To win by guile, when Hardyknute
" Strives in the irie frae."
" Turn thee ! thou riever Baron, turn !" 180
" Bauld Kenneth cry'd aloud ;
" But, fune as Draffan fpent his glaive,
" My fon lay in his bluid."

" I did nocht grein that bluming face
" That dethe fae fune fold pale ; 185
" Far lefs that my trew luve, throuch me,
" Her brither's death fold wail.

" But fyne ye fey our force to prive,
　" Our force we fall ye fhaw !"
" Syne the fhrill-founding horn bedeen　　190
　" He tuik frae down the wa.

" E'er the portculie could be flung,
　" His kyth the bafe-court fand ;
" When fcantly o their count a teind
　" Their entrie might gainftand.　　　　195
" Richt fune the raging rievers ftude
　" At their faufe mafter's fyde,
" Wha, by the haly maiden, fware,
　" Na harm fold us betide.

" What fyne befel ye weil may guefs,　　200
　" Reft to our eilds delicht."
" We fall na lang be reft ; by morne
　" Sall Fairly glad your ficht.
" Let us be gane, my fons, or now
　" Our meny chide our ftay ;　　　　205
" Fareweil my dame ; your dochter's luve
　" Will fune cheir your effray."

Then pale pale grew her teirfu cheik ;
　" Let ane o my fons thrie
" Alane gyde this emprize, your eild　　210
　" May ill fic travel drie.
" O whar were I, were my deir lord,
　" And a my fons, to bleid !
" Better to bruik the wrang than fae
　" To wreak the hie mifdede."　　　　215

, The galfant Rothfay rofe bedeen
　　His richt of age to pleid ;
And Thomas fhawd his ftrenthy fpeir ;
　　And Malcolm mein'd his fpeid.
" My fons, your ftryfe I gladly fee,   220
　　" But it fall neir be fayne,
" That Hardyknute fat in his ha,
　　" And heird his fon was flayne.

" My lady deir, ye neid na feir;
　　" The richt is on our fyde :"   225
Sane rifing with richt frawart hafte
　　Nae parly wald he byde.
The lady fat in heavy mude,
　　Their tunefu march to heir,
While, far ayont her ken, the found   230
　　Na mair mote roun her eir.

O ha ye fein fum glitterand towir,
　　We mirrie archers crown'd,
Wha vaunt to fee their trembling fae
　　Keipt frae their country's bound ?   235
Sic aufum ftrenth fhawd Hardyknute ;
　　Sic feim'd his ftately meid ;
Sic pryde he to his meny bald,
　　Sic feir his faes he gied.

Wi glie they paft our mountains rude,   240
　　Our muirs and moffes weit ;
Sune as they faw the rifing fun,
　　On Draffan's touris it gleit.

O Fairly bricht I marvel fair
   That featour e'er ye lued,   245
Whafe treafoun wrocht your father's bale,
   And fhed your brither's blude !

The ward ran to his youthfu lord,
   Wha fleipd his bouir intill:
" Nae time for fleuth, your raging faes   250
   " Far doun the weftlin hill.
" And, by the libbard's gowden low
   " In his blue banner braid,
" That Hardyknute his dochtir feiks,
   " And Draffan's dethe, I rede."   255

" Say to my bands of matchlefs micht,
   " Wha camp law in the dale,
" To bufk their arrows for the fecht,
   " And ftreitly gird their mail.
" Syne meit me here, and wein to find   260
   " Nae juft or turney play ;
" Whan Hardyknute braids to the field,
   " War bruiks na lank delay."

His halbrik bright he brac'd bedeen ;
   Fra ilka fkaith and harm   265
Securit by a warlike auld,
   Wi mony a fairy charm.
A feimly knicht cam to the ha :
   " Lord Draffen I thee braive,
" Frae Hardyknute my worthy lord,   270
   " To fecht wi fpeir or glave."

" Your hautie lord me braves in vain
  " Alane his might to prive,
" For wha, in fingle feat of weir,
  " Wi Hardyknute may ftrive ?   275
" But fith he meins our ftrenth to fey,
  " On cafe he func will find,
" That thouch his bands leave mine in ire,
  " In force they're far behind.

" Yet cold I wete that he wald yield   280
  " To what bruiks nae remeid,
" I for his dochter wald nae hain
  " To ae half o my fteid."
Sad Hardyknute apart frae a
  Leand on his birnift fpeir;   285
And, whan he on his Fairly deim'd,
  He fpar'd nae fich nor teir.

" What meins the felon cative vile ?
  " Bruiks this reif na remeid ?
" I fcorn his gylefu vows, ein though   390
  " They recht to a his fteid."
Bound was lord Draffan for the fecht,
  Whan lo! his Fairly deir
Ran frae her hie bouir to the ha
  Wi a the fpeid of feir.   295

Ein as the rudie ftar of morne
  Peirs throuch a cloud of dew,
Sae did fhe fcim, as round his neck
  Her fnawy arms fhe threw.   300

" O why, O why, did Fairly wair
  " On thee her thouchtlefs luve ?
" Whafe cruel heart can ettle aye
  " Her father's dethe to pruve !"

And firft he kifs'd her bluming cheik,   305
  And fyne her bofom deir ;
Than fadly ftrade athwart the ha,
  And drap'd ae tendir teir.
" My meiny hide my words wi care,
  " Gin ony weit to flay   310
" Lord Hardyknute, by hevin I fwear
  " Wi lyfe he fall nae gae."

" My maidens, bring my bridal gowne,
  " I little trewd yeftrene,
" To rife frae bonny Draffan's bed,   315
  " His bluidy dethe to fene."
Syne up to the high baconie
  She has gane wi a her train,
And fune fhe faw her ftalwart lord
  Attain the bleifing plain.   320

Owr Neithan's weily ftreim he far'd
  Wi feeming ire and pride ;
His blafon, glitterand owr his helm,
  Bare Allan by his fyde.
Richt fune the bugils blew, and lang   325
  And bludy was the fray ;
Eir hour of nune, that elric tyde,
  Had hundreds tint their day.

B

Like beacon bright at deid of night,
  The michty chief muv'd on ;   330
His bafnet, bleifing to the fun,
  We deidly lichtning fhone.
Draffan he focht, wi him at anes
  To end the cruel ftryfe ;
But aye his fpeirmen thranging round   335
  Forfend their leider's lyfe.

The winding Clyde wi valiant bluid
  Ran reiking mony a mile ;
Few ftude the faught, yet dethe alane   340
  Cold end their irie toil.
" Wha flie, I vow, fall frae my fpeir
  " Receive the dethe they dreid !"
Cry'd Draffan, as alang the plain
  He fpurr'd his bluid-red fteid.

Up to him fune a knight can prance,   345
  A graith'd in filver mail :
" Lang have I fought thee throuch the field,
  " This lance will tell my tale."
Rude was the fray, till Draffan's fkill
  O'ercame his youthfu micht ;   350
Perc'd throuch the vifor to the eie
  Was flayne the comely knicht.

The vifor on the fpeir was deft,
  And Draffan Malcolm fpeid ;
" Ye fhould your vanted fpeid this day,   355
  " And not your ftrenth, ha fey'd."

" Cative, awa ye maun na flie,"
  Stout Rothfay cry'd bedeen,
" Till, frae my glaive, ye wi ye beir
  " The wound ye fein'd yeftrene." 360

" Mair o your kins bluid ha I fpilt
  " Than I docht ever grein ;
" See Rothfay whar your brither lyes
  " In dethe afore your eyne."
Bold Rothfay cry'd wi lion's rage, 365
  " O hatefu curfed deid !
" Sae Draffan feiks our fifter's luve,
  " Nor feirs far ither meid !"

Swith on the word an arrow cam
  Frae ane o Rothfay's band, 370
And fmote on Draffan's lifted targe ;
  Syne Rothfay's fplent it fand.
Perc'd throuch the knie to his fierce fteid,
  Wha pranc'd wi egre pain,
The chief was forc'd to quit the ftryfe, 375
  And feik the nether plain.

His minftrals there wi dolefu care
  The bludy fhaft withdrew ;
But that he fae was barr'd the fight,
  Sair did the leider rue. 380
" Cheir ye my mirrie men," Draffan cry'd
  Wi meikle pryde and glie ;
" The praife is ours ; nae chieftan bides
  " Wi us to bate the grie."

That hauty boaſt heard Hardyknute,   385
  Whar he lein'd on his ſpeir,
Sair weiried wi the nune tide heat,
  And toilſum deids of weir.
The firſt ſicht, when he paſt the thrang,
  Was Malcolm on the ſwaird :   390
" Wold hevin that dethe my cild had tane,
  " And thy youtheid had ſpar'd !

" Draffan I ken thy ire, but now
  " Thy micht I mein to ſee."
But eir he ſtrak the deidly dint,   395
  Thy ſyre was on his knie.
" Lord Hardyknute, ſtryke gif ye may,
  " I neir will ſtryve wi thee ;
" Forfend your dochter ſee you ſlayne
  " Frae whar ſhe ſits on hie !   400

" Yeſtrene the prieſt in haly band
  " Me join'd wi Fairly deir ;
" For her ſake, let us part in peace,
  " And neir meet mair in weir."
" Oh king of hevin, what ſeimly ſpeech   405
  " A featour's lips can ſend !
" And art thou he wha baith my ſons
  " Brocht to a bluidy end ?

" Haſte, mount thy ſteid, or I fall licht,
  " And meit thee on the plain ;   410
" For, by my forbere's ſaul, we neir
  " Sall part till ane be ſlayne."

" Now mind thy aith," fyne Draffan ftout
  To Allan loudly cry'd,
Wha drew the fhynand blade bct dreid,   415
  And perc'd his mafter's fyde.

Law to the bleiding eard he fell,
  And dethe fune clos'd his ein.
" Draffan, till now, I did na ken
  " Thy dethe cold muve my tein.   420
" I wold to Chryfte, thou valiant youth,
  " Thou wert in life again ;
" May ill befa my ruthlefs wrauth
  " That brocht thee to fic pain !

" Fairly, anes a my joy and prydc,   425
  " Now a my grief and bale,
" Ye maun wi haly maidens byde
  " Your deidly faut to wail
" To Icolm beir ye Draffan's corfe,
  " And dochter anes fae deir,   430
" Whar fhe may pay his heidles luve
  " Wi mony a mournfu teir."

GIL MORRICE.

GIL MORRICE was an erle's fon,
   His name it waxed wide:
It was nae for his great riches,
   Nor zet his meikle pride;
Bot it was for a lady gay,
   That liv'd on Carron fide.

Quhair fall I get a bonny boy,
   That will win hoes and fhoen;
That will gae to Lord Barnard's ha',
   And bid his lady cum?   10
And ze maun rin errand, Willie,
   And ze maun rin wi fpeed;
Quhen other boys gae on their foot,
   On horfeback ze fall ride.

Oh no! oh no! my mafter dear!   15
   I dar nae for my life;
I'll no gae to the bauld baron's,
   For to trieft furth his wife.
My bird Willie, my boy Willie;
   My dear Willie, he fayd: 20
How can ze ftrive againft the ftream?
   For I fall be obey'd.

But, O my mafter dear ! he cry'd,
  In grene wod ze're zour lain ;
Gi owre fic thochts, I wald ze rede,   25
  For fear ze fhould be tain.
Hafte, hafte, I fay, gae to the ha',
  Bid hir cum here wi' fpeid :
If ze refufe my high command,
  I'll gar zour body bleid.   30

Gae bid hir tak this gay mantel,
  'Tis a' gowd but the hem ;
Bid hir cum to the gude grene wode,
  And bring nane but hir lain :
And there it is, a filken farke,   35
  Hir ain hand few'd the flieve ;
And bid hir come to Gil Morrice;
  Spier nae bauld baron's leave.

Yes, I will gae zour black errand,
  Tho' it be to zour coft ;   40
Sen ze by me will nae be warn'd,
  In it ze fall find froft.
The baron he's a man of might,
  He neir could bide to taunt,
As ze will fee before its night,   45
  How fina' ze hae to vaunt.

And fen I maun zour errand rin
  Sae fair againft my will,
I'fe mak a vow and keip it trow,
  It fall be done for ill.   50
B 4

And when he came to Broken Brigue,
    He bent his bow and fwam ;
And when he came to grafs growing,
    Set down his feet and ran.

And when he cam to Barnard's ha',   55
    Would neither chap nor ca' ;
Bot fet his bent bow to his brieft,
    And lightly lap the wa'.
He wadna tell the man his errand,
    Tho' he ftude at the gait ;   60
Bot ftraight into the ha' he cam,
    Quhair they were fet at meit.

Hail! Hail! my gentle fire and dame!
    My meffage winna waite ;
Dame, ze maun to the gude grene wod   65
    Before that it be late.
Ze're bidden tack this gay mantel,
    'Tis a' gowd bot the hem :
Zou maun gae to the gude grene wod,
    Ev'n by yourfel alane.   70

And there it is, a filken farke,
    Your ain hand few'd the flieve ;
Ze maun gae fpeik to Gil Morrice ;
    Speir nae bauld baron's leive.
The lady ftamped wi' hir foot,   75
    And winked wi' hir ee ;
Bot a' that fhe cou'd fay or do,
    Forbidden he wad nae bee.

It's furely to my bow'r-woman ;
    It neir could be to me.   80
I brought it to Lord Barnàrd's lady ;
    I trow that ze be fhe.
Then up and fpack the wylie nurfe,
    (The bairn upon her knee),
If it be cum from Gil Morrice,   85
· Its dear welcum to mee.

Ze leid, ze leid, ze filthy nurfe,
    Sae loud's 1 heire ze lee ;
I brought it to Lord Barnard's lady ;
    I trow ze be nae fhee.   90

Then up and fpack the bauld baron,
    An angry man was hee ;
He's tain the table wi' his foot,
    Sae has he wi' his knee ;
Till filver cup and ezar difh   95
    In flinders he gard flee.

Gae bring a robe of zour cliding,
    That hings upon the pin ;
And I'll gae to the gude grene wode,
    And fpeik wi' zour lemman.   100
O bide at hame, now Lord Barnard,
    I ward ze bide at hame ;
Neir wyté a man for violence,
    That neir wyte ze wi' nane.
B 5

Gil Morrice fat in gude grene wode,   105
   He whiftled and he fang :
O what means a' the folk coming ?
   My mother tarries lang.
His hair was like the threds of gowd,
   Drawn from Minerva's loome :   110
His lips like rofes drapping dew,
   His breath was a perfume.

His brow was like the mountain fna
   Gilt by the morning beam ;
His cheiks like living rofes glow :   115
   His een like azure ftream.
The boy was clad in robes of grene,
   Sweet as the infant fpring :
And like the Mavis on the bufh,
   He gart the vallies ring.   120

The baron came to the grene wode,
   Wi' muckle dule and care,
And there he firft fpied Gil Morrice,
   Kaiming his zellow hair,
That fweetly waved round his face,   125
   That face beyond compare :
He fang fae fweet ; it might difpel
   A' rage but fell defpair.

Nae wonder, nae wonder, Gil Morrice,
   My lady loed thee weel :   130
The faireft part of my body
   Is blacker than thy heel.

Zet zeir-the-lefs now, Gil Morrice,
   For a' thy great bewty,
Ze's rew the day ze eir was born ;   135
   That head fall gae wi' me.

Now he has drawn his trufty brand,
   And flaited on the ftrae ;
And thro' Gil Morrice' fair body
   He's gard cauld iron gae.   140
And he has tain Gil Morrice' head,
   And fet it on a fpeir :
The meaneft man in a' his train
   Has gotten that head to bear.

And he has tain Gil Morrice up,   145
   Laid him acrofs his fteid,
And brought him to his painted bow'r,
   And laid him on a bed.
The lady fat on caftil wa',
   Beheld baith dale and doun,   150
And there fhe faw Gil Morrice' head
   Cum trailing to the toun.

Far better I loe that bluidy head,
   Bot and that zellow hair,
Than Lord Barnard and a' his lands,   155
   As they lig here and thair.
·And fhe has tain her Gil Morrice,
   And kifs'd baith mouth and chin :
I was ance as fow of Gil Morrice
   As the hip is o' the ftean.   160

B 6

I got ze in my father's houfe,
    Wi' mickle fin and fhame ;
I brocht ze up in gude grene wode,
    Under the heavy rain :
Oft have I by thy craddle fitten,
    And fondly feen thee fleip ;
Bot now I gae about thy grave,
    The faut teirs for to weip.

And fyne fhe kifs'd his bluidy cheik,
    And fyne his bluidy chin :
O better I loe my Gil Morrice
    Than a' my kith and kin !
Away, Away, ze ill woman,
    And an ill deith mait ze dee :
Gin I had kend he'd been zour fon,
    He'd neir been flain for mee.

Obraid me not, my Lord Barnard !
    Obraid me not for fhame !
Wi' that fame fpeir O pierce my heart !
    And put me out o' pain.
Since naething but Gil Morrice' head
    Thy jealous rage could quell,
Let that faim hand now tack hir life
    That neir to thee did ill.

To me nae after days nor nichts
    Will eir be faft or kind ;
I'll fill the air with heavy fighs,
    And greet till I am blind.

Enouch of bluid by me's bin ſpilt,
   Seek not zour death frae mee ;   190
I rather lourd it had been myſel
   Than cather him or thee.

With waefou wae I hear zour plaint ;
   Sair, ſair I rew the deid,
That eir this curſed hand of mine   195
   Had gard his body bleid.
Dry up zour tears, my winſom dame,
   Ze neir can heal the wound ;
Ze ſee his head upon the ſpeir,
   His heart's blude on the ground.   200

I curſe the hand that did the deid,
   The heart that thocht the ill ;
The feit that bore me wi' ſic ſpeid,
   The comely zouth to kill.
I'll ay lament for Gil Morrice,   205
  As gin he were my ain ;
I'll neir forget the driery day
   On which the zouth was ſlain.

EDOM O' GORDON.

IT fell about the Martimas,
   Quhen the wind blew fchrill and cauld,
Said Edom o' Gordon to his men,
   We maun draw to a hauld :

And what a hauld fall we draw to,   5
   My merry men and me ?
We waul gae to the houfe o' the Rhodes,
   To fee that fair ladie.

The ladie ftude on her caftle wa',
   Beheld baith dale and down ;   10
There fhe was ware of a hoft of men
   Cum ryding towards the toun.

O fee ze not, my mirry men a' ?
   O fee ze not quhat I fee ?
Methinks I fee an hoft of men :   15
   I merveil quhat they be.

She weend it had been hir luvely lord,
   As he came riding hame ;
It was the traitor Edom o' Gordon,
   Quha reckt nae fin nor fhame.   20

She had nae fooner bufkit herfel,
    And putten on her goun,
Till Edom o' Gordon and his men
    Were round about the toun.

They had nae fooner fupper fett,   25
    Nae fooner faid the grace,
Till Edom o' Gordon and his men
    Were light about the place.

The lady ran up to hir towir head,
    Sae faft as fhe could drie,   30
To fee if by hir fair fpeeches
    She could wi' him agree.

But quhan he fee this lady faif
    And hir yates all locked faft,
He fell into a rage of wrath,   35
    And his hart was all aghaft.

Cum down to me, ze lady gay,
    Cum doun, come doun to me :
This night fall ye lig within mine arms,
    To•morrow my bride fall be.   40

I winnae cum doun, ze fals Gordon,
    I winnae cum doun to thee ;
I winnae forfake my ain dear lord,
    That is fae far frae me.

Give owre zour houfe, ze lady fair,   45
    Give owre zour houfe to me,

Or I fall brenn yourfel therein,
    Bot and zour babies three.

I winnae give owre, ze fals Gordon,
    To nae fic traitor as zee ;   50
And if ze brenn my ain dear babes,
    My Lord fall make ze drie.

But reach my piftol, Glaud, my man,
    And charge ze weil my gun :
For, but if I pierce that bluidy butcher,   55
    My babes we been undone.

She ftude upon hir caftle wa,
    And let twa bullets flee :
She mift that bluidy butcher's hart,
    And only raz'd his knee.   60

Set fire to the houfe, quo' fals Gordon,
    All wood wi' dule and ire :
Fals lady, ze fall rue this deid,
    As ze brenn in the fire.

Wae worth, wae worth ze, Jock my man,   65
    I paid ze weil zour fee ;
Quhy pow ze out the ground-wa ftane,
    Lets in the reek to me ?

And een wae worth ze, Jock my man,
    I paid ze weil zour hire :   70

Quhy pow ze out the ground-wa ftane,
  To me lets in the fire ?

Ze paid me weil my hire, lady ;
  Ze paid me weil my fee: 75
But now I'm Edom o' Gordon's man,
  Maun either doe or die.

O than befpak hir little fon,
  Sate on the nourice' knee :
Says, mither dear, gi owre this houfe,   80
  For the reek it fmithers me.

I wad gie a' my gowd, my childe,
  Sae wad I a' my fee,
For ane blaft o' the weftlin wind,
  To blaw the reek frae thee.   85

O then befpack hir dochtir dear,
  She was baith jimp and fma :
O row me in a pair o' fheits,
  And tow me owre the wa.

They rowd hir in a pair o' fheits,   90
  And towd her owre the wa :
But on the point of Gordon's fpeir,
  She gat a deadly fa.

O bonnie bonnie was her mouth,
  And cherry wer hir cheiks,   95

And clear clear was hir zellow hair,
   Whereon the reid bluid dreips.

Then wi' his ſpear he turn'd hir owre,
   O gin her face was wan !
He ſaid, ze are the firſt that eir   100
   I wiſht alive again.

He turn'd her owre and owre again,
   O gin her ſkin was whyte !
I might ha ſpared that bonny face
   To hae been ſome man's delyte.   105

Buſk and boun, my merry men a'
   For ill dooms I do gueſs ;
I cannae luik in that bonnie face,
   As it lyes on the graſs.

Thame luiks to freits, my maſter deir,   110
   Then freits will follow thame :
Let it neir be ſaid'brave Edom o' Gordon
   Was daunted by a dame.

But quhen the ladye ſee the fire
   Cum flaming owre hir head,   115
She wept and kiſt her children twain,
   Sayd, bairns, we been but dead.

The Gordon then his bugil blew,
   And ſaid, awa', awa' ;

This houfe o' the Rhodes is a' in flame,   120
   I hauld it time to ga.

O then befpied hir ain dear lord
   As he came owre the lee;
He fied his caftle all in blaze,
   Sae far as he could fee.   125

Then fair, O fair his mind mifgave,
   And all his hart was wae :
Put on, put on, my wighty men,
   Sae faft as ze can gae;

Put on, put on, my wighty men,   130
   Sae faft as ze can drie;
For he that is hindmoft of the thrang,
   Sall neir get guide o' me.

Than fum they rade, and fum they rin,
   Fou faft out-owre the bent ;   135
But eir the foremoft could get up,
   Baith lady and babes were brent.

He wrang his hands, he rent his hair,
   And wept in teenefu' muid :
O traitors, for this cruel deed   140
   Ze fall weip teirs o' bluid.

And after the Gordon he is gane,
   Sae faft as he micht drie ;

And foon i' the Gordon's foul hartis bluid,
    He's wroken his dear ladie.   •   145

JOHNIE ARMSTRANG.

Sum fpeiks of lords, fum fpeiks of lairds,
    And ficklike men of hie degrie ;
Of a gentleman I fing a fang,
    Sumtyme cal'd Laird of Gilnockie.
The king he wrytes a luving letter   5
    Wi' his ain hand fae tenderlie,
And he hath fent it to Johny Armftrang,
    To cum and fpeik with him fpeedily.

The Elliots and Armftrangs did convene ;
    They were a gallant companie :   10
We'll ryde and meit our lawfull king,
    And bring him fafe to Gilnockie.
Make kinnen and capon ready then,
    And venifon in great plentie ;
We'll welcum hame our royal king,   15
    ᶜ I hope he'll dyne at Gilnockie.

They ran their horfe on the Langum Haw,
    And brake their fpeirs with meikle main ;
The ladys lukit frae their loft windows,
    God bring our men weil back again   20

Quhen Johny came before the King,
    With all his men fae brave to fee,
The King he movit his bonnet to him,
    He weind he was a king as well as he.

May I find grace, my fovereign Liege,   25
    Grace for my loyal men and me,
For my name it is Johnie Armftrang,
    And fubject of zours, my Liege, faid he.

Away, away, thou traytor ftrang,
    Out of my ficht thou mayft fune be,   30
I grantit nevir a traytor's lyfe,
    And now I'll not begin wi' thee.

Grant me my lyfe, my Liege, my King,
    And a bonny gift I will gi' to thee,
Full four-and-twenty milk-whyt fteids,   35
    Were a' foal'd in a zeir to me.
I'll gie thee all thefe milk-whyt fteids,
    That prance and nicher at a fpeir,
With as meikle gude Inglis gilt,
    As four of their braid backs dow beir.   40

Away, away, thou traytor, &c.

Grant me my lyfe, my Liege, my King,
    And a bonny gift I'll gie to thee,
Gude four-and-twenty ganging mills,
    That gang throw a' the zeir to me,   45

Thefe four-and-twenty mills complete,
　Sall gang for thee throw a' the zeir,
And as meikle of gude reid quheit,
　As all thair happers dow to beir.

　　Away, away, thou traytor, &c.　　　　50

Grant me my lyfe, my liege, my king,
　And a great gift I'll gie to thee,
Bauld four and twenty fifters fons,
　Sall for the fecht tho' a' fould flee

　　Away, away thou traytor, &c.　　　　55

Grant me my lyfe, my liege, my king,
　And a brave gift I'll gie to thee ;
All between heir and Newcaftle town,
　Sall pay thair zeirly rent to thee.

　　Away, away, thou traytor, &c.　　　　60

Ze lied, ze lied now, king, he fays,
　Althocht a king and prince ze be ;
For I luid naithing in all my lyfe,
　I dare well fay it, but honefty :
But a fat horfe and a fair woman,　　　　65
　Twa bonny dogs to kill a deir ;
But Ingland fuld haif fund me meil and mat
　Gif I had liv'd this hundred zeir.

Sche fuld haif fund me meal and malt,
   And beef and mutton in all plentie ;   70
But neir a Scots wyfe could haif faid,
   That eir I fkaith'd her a pure flie.
To feik het water beneath cauld yce,
   Surely it is a great folie ;
I haif afked grace at a graclefs face,   75
   But there is nane for my men and me.

But had I kend or I cam frae hame,
   How thou unkind wadft bene to me,
I wad haif kept the border-fyde,
   In fpyt of all thy force and thee.   80
Wift Ingland's king that I was tane,
   O gin a blyth man wad he be ;
For ance ﬢ flew his fifter's fon,
   And on his brieft-bane brak a trie.

John wore a girdle abut his middle,   85
   Imbroidred owre wi burning gold,
Befpangled wi the fame mettle,
   Maift bewtiful was to behold.
Ther hang nine targats at Johnie's hat,
   And ilka ane worth thrie hundred pound :   90
What wants that knave that a king fuld have,
   But the fword of honour and the crown.

O whar got thou thefe targats Johnie,
   That blink fae brawly abune thy brie !
I gat them in the fild fechting,   95
   Quher, cruel king, thou durft not be.

Had I my horfe and my harnefs gude,
   And ryding as I wont to be,
It fuld have been tald this hundred zeir,   100
   The meiting of my king and me.

God be wi' thee, Kirfty, my brither,'
   Lang live thou laird of Mangertoun ;
Lang mayft thou dwell on the border fyde,
   Or thou fe thy brither ryde up and doun : 105
And God be wi thee, Kirfty, my fon,
   Quhair thou fits on thy nurfe's nee ;
But an thou live this hundred zèir,
   Thy father's better thoult never be.

Farweil, my bonny Gilnockhall,   110
   Quhair on Efk fide thou ftandeft ftout :
Gif I had lieved but feven zeirs mair,
   I wuld haif gilt thee round about,
John murdred was at Carlingrigg,
   And all his gallant companie ;   115
But Scotland's heart was neir fo wae,
   To fee fae mony brave men die.

Becaufe they fav'd their country deir
   Frae Inglifhmen ; nane were fae bald,
Quhyle Johnie liv'd on the border fyde,   120
   Nane of them durft cum neir his hald.

ZOUNG WATERS.

ABOUT Zule, quhen the wind blew cule,
And the round tables began,
A'! ther is cum to our king's curt
Mony a well-favoured man.

The Quein luikt owre the caſtle wa,
Beheld baith dale and down,
And then ſhe ſaw zoung Waters
Cum ryding to the town.

His footmen they did rin before,
His horſemen rade behind,
Ane mantel of the burning gowd
Did keip him frae the wind.

Gowden graith'd his horſe before,
And ſiller ſhod behind ;
The horſe zoung Waters rade upon
Was fleeter than the wind.

But then ſpack a wylie lord,
Unto the queen ſaid he,
O tell me quha's the faireſt face
Rides in the companie ?

I've feen lords, and I've feen lairds,
   And knights of high degree ;
Bot a fairer face than zoung Waters
   Mine eyne did never fee.

Out then fpack the jealous king,   25
   (And an angry man was he),
O if he had been twice as fair,
   Zou might have excepted me.

Zou're neither laird nor lord, fhe fays,
   Bot the king that weirs the crown ;   30
Ther is not a knight in fair Scotland,
   But to thee maun bow down

For a' that fhe could do or fay,
   Appeaf'd he wadne be ;
But for the werds that fhe had faid,   35
   Zoung Water he maun die.

They hae taen zoung Waters, and
   Put fetters on his feet ;
They hae taen zoung Waters, and
   Thrown him in dungeon deep.   40

Aft I hae ridden thru Stirling towne
   In the wind bot and the weit,
Bot I neir rade thru Stirling towne
   Wi fetters at my feit.

Aft I hae ridden thru Stirling towne   45
   In the wind bot and the rain.

Bot I neir rade thru Stirling towne
  Neir to return again.

They hae taen to the heiding hill
  His zoung fon in his craddle.   50
And they hae taen to the heiding hill
  His horfe bot and his faddle.

They hae taen to the heiding hill
  His lady fair to fee.
And for the words the queen had fpoke,   55
  Zoung Waters he did die.

BONNY BARBARA ALLAN.

IT was in and about the Martinmas time,
  When the green leaves were a falling,
That Sir John Græme in the weft countrie
  Fell in love wi Barbara Allan.

He fent his man down thro' the town,   5
  To the place where fhe was dwelling :
O haft and cum to my mafter dear,
  Gin ye be Barbara Allan.

O hooly, hooly rofe fhe up,
  To the place where he was lying,   10

And when she drew the curtin by
    Young man, I think you're dying.

O its I'm sick, and very very sick,
    And 'tis a' for Barbara Allan.
O the better for me ye's never be,   15
    Tho' your heart's blood were a spilling.

O dinna ye mind, young man, said she,
    When ye was in the tavern a drinking,
That ye made the healths gae round and round,
    And slighted Barbara Allan ?   20

He turn'd his face into the wa',
    And death was with him dealing,
Adieu, adieu, my dear friends a',
    And be kind to Barbara Allan.

And slowly, slowly raise she up,   25
    And slowly, slowly left him ;
And sighing, said, she cou'd not stay,
    Since death of life had reft him.

She had nae gane a mile but twa,
    When she heard the deid-bell ringing,   30
And ev'ry jow that the deid-bell geid,
    It cry'd, Woe to Barbara Allan !

O mother, mother, mak my bed,
    O make it fast and narrow ;
Since my luve died for me to-day,   35
    I'll die for him to-morrow.

BONNY EARL OF MURRAY.

YE Highlands and ye Lawlands,
  Oh ! where hae ye been ?
They hae flain the Earl of Murray,
  And they hae laid him on the green !
    They hae, &c.   5

Now wae be to thee, Huntly,
  And wherefore did you fae ?
I bade you bring him wi' you,
  But forbade you him to flay.
    I bade, &c.   10

He was a bra gallant,
  And he rid at the ring ;
And the bonny Earl of Murray,
  Oh ! he might hae been a king.
    And the, &c.   15

He was a bra gallant,
  And he play'd at the ba'
And the bonny Earl of Murray
  Was the flower amang them a'
    And the, &c.   20

C 3

He was a bra gallant,
  And he play'd at the gluve :
And the bonny Earl of Murray,
  Oh ! he was the queen's luve.
    And the, &c.   25

Oh ! lang will his lady
  Look o'er the caftle Down,
E'er fhe fee the Earl of Murray
  Cum founding through the town.

THE YOUNG LAIRD OF OCHILTRIE.

O LISTEN, gude people, to my tale,
  Liften to quhat I tell to thee,
The king has taiken a poor prifoner,
  The wanton laird of Ochiltrie.

Quhen news came to our guidly queen,   5
  She ficht, and faid right mournfullie,
O quhat will cum of lady Margaret,
  Quha beirs fic luve to Ochiltrie ?

Lady Margaret tore hir yallow hair,
  Quhen as the queen told hir the faim :   10
I wis that I had neir bin born,
  Nor neir had known Ochiltrie's naim.

Fie na, quoth the queen, that maunna be,
    Fie na, that maunna be ;
I'll fynd ze out a better way   15
    To faif the lyfe of Ochiltrie.

The queen fche trippet up the ftair,
    And lowly kneilt upon hir knie :
The firft boon quhich I cum to craive
    Is the life of gentle Ochiltrie.   20

O if you had afked me caftels and towirs,
    I wad hae gin thaim twa or thrie :
Bot a' the monie in fair Scotland
    Winna buy the lyfe of Ochiltrie.

The queen fche trippet down the ftair,   25.
    And down fche gaed richt mournfullie,
It's a' the monie in fair Scotland
    Winna buy the lyfe of Ochiltrie.

Lady Margaret tore her yallow hair,
    Quhen as the queen tald hir the faim ;   30
I'll tack a knife and end my lyfe,
    And be in the grave as foon as him.

Ah ! na, fie ! na, quoth the queen,
    Fie ! na, fie ! na, this maunna be ;
I'll fet ze on a better way   35
    To loofe and fet Ochiltrie frie.

The queen fhe flippet up the ftair,
    And fche gaid up richt privatly,

And sche has stoun the prison-keys,
    And gane and set Ochiltrie frie.   40

And sches gien him a purse of gowd,
    And another of whyt monie,
Sches gien him twa pistoles by's side,
    Saying to him, shute quhen ze win frie.

And quhen he cam to the queen's window,   45
    Quhaten a joyfou shute gae he!
Peace be to our royal queen,
    And peace be in her companie!

O quhaten a voice is that? quoth the king,
    Quhaten a voice is that? quoth he,   50
Quhaten a voice is that? quoth the king;
    I think its the voyce of Ochiltrie.

Call to me a' my gaolours,
    Call thaim by thirtie and by thrie;
Quhairfor the morn at twelve a clock   55
    Its hangit schall they ilk ane be.

O didna ze send zour keyis to us?
    Ze sent thaim be thirtie and be thrie,
And wi them sent a strait command,
    To set at large zoung Ochiltrie.   60

Ah! na, fie! na, queth the queen,
    Fie, my dear luve! this maunna be:
And iff ye're gawn to hang thaim a',
    Indeed ze maun begin wi me.

The tane was fchippit at the pier of Lieth,   65
   The ither at the Queensferrie ;
And now the lady has gotten hir luve,
   The winfom laird of Ochiltrie.

LORD THOMAS AND FAIR ANNET.

Lᴏʀᴅ Tʜᴏᴍᴀs and fair Annet
   Sat a' day on a hill ;
Whan nicht was cum, and fun was fett,
   They had not talkt their fill.

Lord Thomas faid a word in jeft,   5
   Fair Annet took it ill ;
A' ! I wull never wed a wyfe
   Againft my ain friends wull.

Gif ye wull never wed a wife,
   A wife wull neir wed yee.   10
Sae he is hame to tell his mither,
   And knelt upon his knee :

O rede, O rede, mither, he fays,
   A gude rede gie to mee :
O fall I tak the nut-browne bride,   15
   And let fair Annet bee ?

The nut-browne bride has gowd and gear,
  Fair Annet, ſhe's gat nane ;
And the little bewtie fair Annet haes,
  O it wull ſoon be gane !   20

And he has till his brither gane :
  Now, brither, rede ye mee ;
A' ! ſall I marrie the nut browne bride,
  And let fair Annet bee ?

The nut-browne bride has oxen, brither,   25
  The nut-browne bride has kye ;
I wad hae ye marrie the nut-browne bride,
  And caſt fair Annet bye.

Her oxen may die i' the houſe, Billie,
  And her kye into the byre ;   30
And I ſall hae naething to myſell
  Bot a fat fadge by the fyre.

And he has till his ſiſter gane :
  Now, ſiſter, rede ye me :
O ſall I marrie the nut-browne bride,   35
  And ſet fair Annet free ?

Iſe rede ye take fair Annet, Thomas,
  And let the brown bride alane ;
Leſt ye ſould ſigh, and ſay, alace !
  What is this we brought hame ?   40

No, I wull tak my mither's counſel,
  And marrie me owt o' hand ;

And I will tak the nut browne bride,
  Fair Annet may leive the land.

Up then rofe fair Annet's father 45
  Twa hours or it wer day,
And he is gane into the bower
  Wherein fair Annet lay.

Rife up, rife up, fair Annet, he fays,
  Put on your filken fheene; 50
Let us gae to St. Marie's kirke,
  And fee that rich wedden.

My maides, gae to my dreffing-roome,
  And drefs to me my hair;
Whair-eir yee laid a plait before, 55
  See yee lay ten times mair.

My maides, gae to my dreffing-roome,
  And drefs to me my fmoke;
The one half is o' the holland fine,
  The other o' needle-work. 60

The horfe fair Annet rade upon,
  He amblit like the wind,
Wi' filler he was fhod before,
  Wi' burning gowd behind.

Four and twenty filler bells 65
  Wer a tied till his mane,

Wi' yae tift o' the norland wind,
   They tinkled ane by ane.

Four and twenty gay gude knichts
   Rade by fair Annet's fide,
And four and twenty fair ladies,
   As gin fhe had been a bride.

And when fhe cam to Marie's kirke,
   She fat on Marie's ftean ;
The cleading that fair Annet had on,
   It fkinkled in their een.

And whan fhe cam into the kirke,
   ·She fkimmer'd like the fun ;
The belt that was about her waift
   Was a' wi' pearles bedone.

She fat her by the nut brown bride,
   And hir een they wer fae clear,
Lord Thomas he clean forgat the bride,
   When fair Annet drew near.

He had a rofe into his hand,
   He gae it kiffes three,
And reaching by the nut-brown bride,
   Laid it on fair Annet's knee.

Up then fpak the nut-browne bride,
   She fpak wi' meikle fpite ;

And whair gat ye that rofe-water
  That does mak yee fae white ?

O I did get the rofe water
  Whair ye will neir get nane ;
For I did get that very rofe-water   95
  Into my mither's wame.

The bride fhe drew a long bodkin
  Frae out her gay head-gear,
And ftrake fair Annet unto the heart,
  That word fpak nevir mair.   100

Lord Thomas faw fair Annet wex pale,
  And marvelit what mote be ;
Bot whan he faw her dear heart's bludc,
  A' wood-wroth wexed hee.

He drew his dagger that was fae fharp,   105
  That was fae fharp and meet,
And drave it into the nut-browne bride,
  That fell deid at his feit.

Now ftay for me, dear Annet, he faid,
  Now ftay, my dear, he cry'd ;   110
Then ftrake the dagger untill his heart
  And fell deid by hir fide.

Lord Thomas was buryd without kirk-wa',
  Fair Annet within the quiere ;

And o' the tane thair grew a birk, 115
 The other a bonny briere.

And ay they grew, and ay they threw,
 As they wad fain be neare ;
And by this ye may ken right weil,
 They wer twa luvers deare. 120

SIR PATRICK SPENCE.

The King fits in Dumfermling toune,
 Drinking the blude-reid wine :
O quhar wull I get a guid failor,
 To fail this fchip of mine ?

Up and fpak an eldern knicht, 5
 Sat at the king's richt kne :
Sir Patrick Spence is the beft failor,
 That fails upon the fe.

The king has written a braid letter,
 And fign'd it wi' his hand ; 10
And fent it to Sir Patrick Spence,
 Was walking on the fand.

The firft line that Sir Patrick red,
 A loud lauch lauched he :

The next line that Sir Patrick red,   15
    The teir blinded his ee.

O quha is this has don this deid,
    This ill deid don to me ;
To fend me out this time o' the zeir,
    To fail upon the fe ?   20

Mak hafte, mak hafte, my mirry men all,
    Our guid fchip fails the morne.
O fay na fae, my mafter deir,
    For I feir a deadlie ftorme.

Late late yeftreen I faw the new moone   25
    Wi' the auld moone in her arme ;
And I feir, I feir, my deir mafter,
    That we will cum to harme.

O our Scots nobles wer richt laith
    To weet their cork-heild fhoone ;   30
Bot lang or a' the play were play'd
    They wat thair heads aboone.

O lang, lang, may thair ladies fit
    Wi' thair fans into thair hand,
Or eir they fe Sir Patrick Spence   35
    Cum failing to the land.

O lang, lang, may thair ladies ftand
    Wi' thair gold kems in their hair,

Waiting for thair ain deir lordes,
  For they'll fe thame nae mair.   40

Haff owre, haff owre to Aberdour,
  It's fiftie fadom deip :
And thair lies guid Sir Patrick Spence,
  Wi' the Scots lordes at his feit.

SIR JAMES THE ROSE.

OF all the Scottifh northern chiefs
  Of his high warlike name,
The braveft was Sir James the Rofe,
  A knicht of meikle fame.

His growth was as the tufted fir,   5
  That crowns the mountain's brow ;
And waving o'er his fhoulders broad,
  His locks of yallow flew.

The chieftian of the brave clan Rofs,
  A firm undaunted band ;   10
Five hundred warriors drew the fword,
  Beneath his high command.

In bloody fecht thrice had he ftood,
  Againft the Englifh keen ;

E'er two and twenty op'ning fprings   15
  This blooming youth had feen.

The fair Matilda dear he lov'd,
  A maid of beauty rare ;
Even Marg'ret on the Scottifh throne,
  Was nevir half fo fair.   20

Lang had he woo'd, lang fhe refus'd,
  Wi feeming fcorn and pride ; .
Yet aft her eyes confefs'd the love,
  Her fearful words deny'd.

At laft fhe blefs'd his well-try'd faith,   25
  Allow'd his tender claim :
She vow'd to him her virgin heart,
  And own'd an equal flame.

Her father, Buchan's cruel lord,
  Their paffion difapprov'd,   30
And bade her wed Sir John the Græme,
  And leave the youth fhe lov'd.

Ae night they met, as they were wont,
  Deep in a fhady wood,
Where on a bank, befide the burn,   35
  A blooming faugh-tree ftood.

Conceal'd among the under-wood,
  The crafty Donald lay,

The brother of Sir John the Græme,
  To hear what they would fay.

When thus the maid began ; My fire
  Your paffion difapproves,
And bids me wed Sir John the Græme :
  So here muft end our loves.

My father's will muft be obey'd,
  Nought boots me to withftand :
Some fairer maid in beauty's bloom
  Muft blefs thee wi her hand.

Matilda foon fhall be forgot,
  And from thy mind defac'd :
But may that happinefs be thine
  Which I can never tafte.

What do I hear ? is this thy vow ?
  Sir James the Rofe reply'd ;
And will Matilda wed the Græme,
  Though fworn to be my bride ?

His fword fhall fooner pierce my hear
  Than reave me of thy charms.
Then clafp'd her to his beating breaft,
  Faft lock'd into his arms.

I fpake to try thy love, fhe faid ;
  I 'll ne'er wed man but thee ;

My grave shall be my bridal bed,
    E'er Græme·my husband be.

Take then, dear youth, this faithful kiss,   65
    In witness of my troth ;
And every plague become my lot
    That day I break my oath !

They parted thus : the sun was set :
    Up hasty Donald flies ;   70
And, turn thee, turn thee, beardless youth ;
    He loud insulting cries.

Soon turn'd about the fearless chief,
    And soon his sword he drew ;
For Donald's blade before his breast,   75
    Had pierc'd his tartans through.

' This for my brother's slighted love ;
    " His wrongs sit on my arm."
Three paces back, the youth retir'd,
    And sav'd himself frae harm.   80

Returning swift, his hand he rear'd
    Frae Donald's head above.
And thro' the brain and crashing bones,
    His sharp-edg'd weapon drove.

He stagg'ring reel'd ; then tumbled down   85
    A lump of breathless clay :

So fall my foes, quo' valiant Rofe,
  And ftately ftrode away.

Thro' the Green-wood he quickly hy'd
  Unto Lord Buchan's hall ;   90
And at Matilda's window ftood,
  And thus began to call :

Art thou afleep, Matilda dear?
  Awake, my love, awake :
Thy lucklefs lover on thee calls,   95
  A long farewell to take. .

For I have flain fierce Donald Græme ;
  His blood is on my fword :
And diftant are my faithful men,
  Nor can affift their Lord.   100

To Sky I'll now direct my way,
  Where my twa brothers bide,
And raife the valiant of the Ifles
  To combat on my fide.

O do not fo, the maid replies ;   105
  With me till morning ftay :
For dark and dreary is the night,
  And dangerous the way.

All night I'll watch you in the park ;
  My faithful page I'll fend,   110
To run and raife the Rofe's clan,
  Their mafter to defend.

Beneath a bush he laid him down,
   And wrapp'd him in his plaid,
While trembling for her lover's fate   115
   At distance stood the maid.

Swift ran the page o'er hill and dale,
   Till in a lowly glen
He met the furious Sir John Græme
   With twenty of his men.   120

Where go'st thou, little page ? he said,
   So late who did thee send?
I go to raise the Rose's clan,
   Their master to defend:

For he hatn slain fierce Donald Græme ;   125
   His blood is on his sword ;
And far, far distant are his men,
   That should assist their lord.

And has he slain my brother dear ?
   The furious Græme replies.   130
Dishonour blast my name, but he
   By me e'er morning dies!

Tell me where is Sir James the Rose ?
   I will thee well reward.
He sleeps into Lord Buchan's park ;   135
   Matilda is his guard.

They spurr'd their steeds in furious mood,
   And scour'd along the lee ;

They reach'd Lord Buchan's lofty tow'rs
   By dawning of the day.   140

Matilda ftood without the gate ;
   To whom thus Græme did fay,
Saw you Sir James the Rofe laft night ?
   Or did he pafs this way ?

Laft day at noon, Matilda faid,   145
   Sir James the Rofe pafs'd by :
He furious prick'd his fweaty fteed,
   And onwards faft did hye :

By this he is at Edinburgh
   If horfe and man hold good.—   150
Your page then lied, who faid he was
   Now fleeping in the wood.

She wrung her hands, and tore her hair,
   Brave Rofe thou art betray'd,
And ruin'd by thofe means, fhe cry'd,   155
   From whence I hop'd thine aid.

By this the valiant knight awak'd,
   The virgin's fhricks he heard ;
And up he rofe, and drew his fword,
   When the fierce band appear'd.   160

Your fword laft night my brother flew ;
   His blood yet dims its fhine :
And e'er the fetting of the fun
   Your blood fhall reek on mine.

You word it well, the chief reply'd, 165
   But deeds approve the man :
Set by your men, and hand to hand
   We'll try what valour can.

Oft boafting hides a coward heart ;
   My weighty fword you fear, 170
Which fhone in front in Flowden-field,
   When you kept in the rear.

With dauntlefs ftep he forward ftrode,
   And dar'd him to the fight :
Then Græme gave back, and fear'd his arm, 175
   For well he knew its might.

Four of his men, the braveft four,
   Sunk down beneath his fword :
But ftill he fcorn'd the poor revenge,
   And fought their haughty lord. 180

Behind him bafely came the Græme,
   And wounded him in the fide :
Out fpouting came the purple tide,
   And all his tartans dy'd.

But yet his fword not quat the grip, 185
   Nor dropt he to the ground,
Till thro' his en'my's heart his fteel
   Had forc'd a mortal wound.

Græme, like a tree with wind o'erthrown
   Fell breathlefs on the clay ; 19

And down befide him funk the Rofe,
  And faint and dying lay.

The fad Matilda faw him fall:
  O fpare his life! fhe cry'd;
Lord Buchan's daughter begs his life;   195
  ·Let her not be denied.

Her well-known voice the hero heard;
  He rais'd his death-clos'd eyes,
And fix'd them on the weeping maid,
  And weakly thus replies: 200

In vain Matilda begs the life
  By death's arreft denied:
My race is run—adieu, my love—
  Then clos'd his eyes, and died.

The fword yet warm from his left fide   205
  With frantic hand fhe drew:
I come, Sir James the Rofe, fhe cry'd,
  I come to follow you!

She lean'd the hilt againft the ground,
  And bar'd her fnowy breaft;   210
Then fell upon her lover's face,
  And funk to endlefs reft.

THE BATTLE OF HARLAW.

FRAE Dunidier as I cam throuch,
  Doun by the hill of Banochie,
Alangft the lands of Carioch ?
    Grit pitie was to heir and fe
    The noys and dulefum hermonie,   5
That evir that dreiry day did daw,
  Cryand the Corynoch on hie,
  Alas ! alas ! for the Harlaw.

I marvlit quhat the matter meint,
  All folks war in a fiery fairy :   10
I wift not quha was fae or friend ;
  Zit quietly I did me carrie.
  But fen the days of auld king Hairie,
Sic flaughter was not herde nor fene,
  And thair I had nae tyme to tairy,   15
For bifinefs in Aberdene.

Thus as I walkit on the way,
  To Inverury as I went,
I met a man, and bad him ftay,
  Requeifting him to make me quaint,   20
    VOL. I.   D

Of the beginning and the event,
That happenit thair at the Harlaw ;
　　Then he entreited me tak tent,
And he the truth sould to me schaw.

Grit Donald of the Yles did claim　　　·　　25
　　Unto the lands of Rofs fome richt,
And to the Governor he came,
　　Thaim for to haif gif that he micht ;
　　Quha faw his intereft was but flicht ;
And thairfore anfwerit wi difdain ;　　30
　　He haftit hame baith day and nicht,
And fent nae bodward back again.

But Donald richt impatient
　　Of that anfwer Duke Robert gaif,
He vowed to God omnipotent,　　35
　　All the haill lands of Rofs to haif,
　　Or ells be graithed in his graif.
He wald not quat his richt for nocht,
　　Nor be abufit lyk a flaif,
That bargain fould be deirly bocht.　　40

Then haiftylie he did command,
　　That all his weir-men fhould convene,
Ilk ane well harnifit frae hand,
　　To meit and heir quhat he did mein ;
　　He waxit wrath and vowit tein,　　45
Sweirand he wald furpryfe the North,
　　Subdew the burgh of Aberdene,
Mearns, Angus, and all Fyfe to Forth.

Thus with the weir-men of the Yles,
   Quha war ay at his bidding bown,   50
Wi money maid, wi fors and wyls,
   Richt far and neir, baith up and doun,
   Throw mount and muir, frae town to town,
Alangſt the lands of Roſs he roars,
   And all obey'd at his bandown,   55
Evin frae the North to Suthren ſhoars,

Then all the countrie men did zield ;
   For nae reſiſtans durſt they mak,
Nor offer battil in the feild,
   Be fors of arms to beir him bak ;   60
   Syne they reſolvit all and ſpak,
That beſt it was for thair behoif,
   They ſould him for thair chiftain tak,
Believing well he did them luve.

'Then he a proclamation maid   65
   All men to meet at Inverneſs,
Throw Murray land to mak a raid,
   Frae Arthurſyre unto Speyneſs.
   And furthermair, he ſent expreſs,
To ſchaw his colours and enſenzie,   70
   To all and ſindry, mair and leſs,
Throchout the bounds of Byne and Enzie.

And then throw fair Strathbogie land,
   His purpoſe was for to purſew,
And quhaſoevir durſt gainſtand,   75
   That race they ſhould full fairly rew.

D 2

Then he bade a' his men be trew,
  And him defend by fors and flicht,
    And promift them rewardis anew,
And mak them men of meikle micht.   80

Without refiftans, as he faid,
  Throw all thefe parts he ftoutly paft,
Quhair fum war wae, and fum war glaid,
  But Garioch was all agaft.
    Throw all thefe feilds he fped him faft;   85
For fic a ficht was never fene ;
  And then, forfuith, he lang'd at laft
To fee the bruch of Aberdene.

To hinder this prowd enterprife,
  The ftout and michty Erle of Marr   90
With all his men in arms did ryfe,
  Even frae Curgarf to Craigyvar,
    And down the fyde of Don richt far,
Angus and Mearns did all convene
  To fecht, or Donald came fae nar   95
The royal bruch of Aberdene.

And thus the martial Erle of Mar,
  Marcht with his men in richt array,
Befoir the enemie was awarr,
  His banner bauldly did difplay.   100
    For weil enewch they kend the way,
And all their femblance weil they faw,
  Without all dangir, or delay,
Cum haiftily to the Harlaw.

With him the braif Lord Ogilvy,   105
 Of Angus sheriff principall,
The constabill of gude Dunde,
 The vanguard led before them all.
 Suppose in number they war small,
Thay first richt bauldlie did persew, 110
 And maid thair faes before them fall,
 Quha then that race did fairly rew.

And then the worthy Lord Salton,
 The strong undoubted laird of Drum, 115
The stalwart laird of Lauristone,
 With ilk thair forces all and sum:
 Panmuir with all his men did cum;
The provost of braif Aberdene,
 Wi trumpets and wi tuicke of drum, 120
Came schortly in thair armour schene.

These with the Erle of Marr came on,
 In the reir-ward richt orderlie,
Thair enemies to set upon;
 In awful manner hardily, 125
 Togither vowit to live and die,
Since they had marchit mony mylis
 For to suppress the tyrannie
Of doubted Donald of the Yles.

But he in number ten to ane, 130
 Richt subtilie alang did ryde,
With Malcomtosch and fell Maclean,
 With all thair power at thair syde,

Prefumeand on thair ftrength and pryde,
Without all feir or ony aw,   135
    Richt bauldlie battil did abyde,
Hard by the town of fair Harlaw.

The armies met, the trumpet founds,
    The dandring drums aloud did tuik,
Baith armies byding on the bounds,
    Till aue of them the feild fuid bruik.   140
    Nae help was thairfor, naue wald jouk,
Fers was the fecht on ilka fyde,
    And on the ground lay mony a bouk
Of them that thair did battill byd.

With doutfum victorie they dealt,   145
    The bluidy battill laftit lang,
Each man his nibours fors thair felt ;
    The weakeft aft times gat the wrang :
    Thair was nae mowis thair them amang,
Naithing was hard but heavy knocks,   150
    That Echo maid a dulefull fang,
Thairto refounding frae the rocks.

But Donald's men at laft gaif back ;
    For they wer all out of array.
The Erle of Marr's men throw them brak,   155
    Purfewing fharply in thair way,
    Thair enemys to tak or flay,
Be dynt of fors to gar them yield,
    Quha war richt blyth to win away,
And fae for feirdnefs tint the field.   160

Then Donald fled, and that full faſt,
　To mountains hich for all his micht ;
For he and his war all agaſt,
　And ran till they war out of ficht ;
　And fae cf Roſs he loſt his richt,　　　・ 165
Thocht mony men with him he brocht
　Towards the Yles fied day and nicht,
And all he wan was dearly bocht.

This is (quod he) the richt report
　Of all that I did hear and knaw,　　　170
Thocht my difcourfe be fumthing fchort,
　Tak this to be a right futhe faw ;
　Contrairie God and the king's law,
Thair was fpilt meikle Chriſtian blude,
　Into the battil of Harlaw :　　　175
This is the fum ; fae I conclude.

But zit a bonny quhyle abyde,
　And I fall mak thee clearly ken
Quhat flauchter was on ilka fyde,
　Of Lowland and of Highland men,　　　180
　Quha for thair awin haif evir been :
Thefe lazie lowns micht weil be fpair'd,
　Cheſſit lyke deirs into their dens,
And gat thair wages for reward.

Malcomtoſh of the clan heid cheif,　　　185
　Maclean with his grit haughty heid,
With all thair fuccour and relief,
　War dulefully dung to the deid :
D 4

   And now we are freid of thair feid,
They will not lang to come agen ;   190
   Thoufands with them without remeid,
On Donald's fyde that day war flain.

   And on the other fyde war loft,
   Into the feild that difmal day,
Chief men of worth (of meikle coft)   195
   To be lamentit fair for ay:
   The Lord Salton of Rothemay,
A man of micht and meikle main ;
   Grit dolour was for his decay,
That fae unhappylie was flain.   200

   Of the beft men amang them was,
   The gracious gude Lord Ogilvy,
The fheriff-principall of Angus ;
   Renownit for truth and equitie,
   For faith and magnanimitie ;   205
He had few fallows in the feild,
   Zet fell by fatal deftinie,
For he nae ways wad grant to zield.

Sir James Scrimgeor of Duddap, knicht,
   Grit conftabill of fair Dunde,   210
Unto the duleful deith was dicht ;
   The king's chief bannerman was he,
   A valziant man of chevalrie,
Quhais predeceffors wan the place
   At Spey, wi gude King William frie,   215
Gainft Murray and Macduncan's race.

Gude Sir Alexander Irving,
    The much renownit laird of Drum,
Nane in his days was better fene,
    Quhen they war femblet all and fum ;   220
    To praife him we fould not be dum,
For valour, witt, and worthynefs,
    To end his days he ther did cum,
Quhois ranfom is remeidylefs.

And thair the knight of Lauriflon   225
    Was flain into his armour fchene,
And gude Sir Robert Davidfon,
    Quha provoft was of Aberdene,
    The knicht of Panmure, as was fene,
A mortal man in armour bricht,   230
    Sir Thomas Murray ftout and kene,
Left to the warld their laft gude nicht.

Thair was not fen king Kenneth's days
    Sic ftrange inteftine crewel ftryfe
In Scotland fene, as ilk man fays,   235
    Quhair mony liklie loft thair lyfe ;
    Quhilk maid divorce twene man and wyfe,
And mony children fatherlefs,
    Quhilk in this realme has been full ryfe :
Lord help thefe lands, our wrangs redrefs !   240

In July, on Saint James his even,
    That four and twenty difmal day,
Twelve hundred, ten fcore and eleven
    Of zeirs fen Chryft, the futhe to fay ;
                    D 5

Men will remember as they may,   245
Quhen thus the veritie they knaw,
   And mony a ane may mourn for ay,
The brim battil of the Harlaw.   248

BINNORIE.

*To preserve the tone as well as the sense of this Bal-
lad, the burden should be repeated through the
whole, though it is here omitted for the sake of
conciseness.*

THERE were twa sisters liv'd in a bouir ;
                        'Binnorie, O binnorie !'
Their father was a baron of pouir,
               By the bonny mildams of Binnorie.
The youngest was meek, and fair as the May,   5
Whan she springs in the east wi the gowden day !
The eldest austern as the winter cauld,
Ferce was her saul, and her sciming was bald.
A gallant squire cam sweet Isabel to wooe ;
Her sister had naething to luve I true ;   10
But fill'd was she wi dolour and ire,
To see that to her the comelie squire
Preferr'd the debonair Isabel :
Their hevin of luve of spyte was her hell,
Till ae ein she to her sister can say,   15
" Sweit sister, cum let us wauk and play."

They wauked up, and they wauked down,
Sweit fang the birdis in the vallie loun!
Whan they came to the roaring lin,
She drave unwitting Ifabel in.   20
" O fifter ! fifter ! tak my hand,
" And ye fall hae my filver fan ;
" O fifter ! fifter ! tak my middle,
." And ye fall hae my gowden girdle."
Sumtimes fhe fank, fumtimes fhe fwam,   25
Till fhe cam to the miller's dam :
The miller's dochter was out that ein
And faw her rowing down the ftreim.
" O father deir ! in your mill dam
" There is either a lady or a milk white fwan !"
Twa days were gane whan to her deir
Her wraith at deid of nicht cold appeir :
" My luve, my deir, how can ye fleip,
" Whan your Ifabel lyes in the deip ?
" My deir, how can you fleip bot pain,   35
" Whan fhe by her cruel fifter is flain ?"
Up raife he fune in frichtfu mude,
" Bufk ye, my meiny, and feik the flude."
They focht her up and they focht her doun,
And fpy'd at laft her glifterin gown :   40
They rais'd her wi richt meikle care ;
Pale was her cheik, and grein was her hair !
" Gae, faddle to me my fwifteft fteid,
" Her fere, by my fae, for her death fall bleid."
A page cam rinning out owr the lie,   45
" O heavie tiding I bring ! quoth he

" My luvely lady is far awa gane,
" We weit the fairy hae her tane ;
" Her fifter gaed wood wi dule and rage,
" Nocht cold we do her mind to fuage.   50
" O Ifabel ! my fifter !" fhe wold cry,
" For thee will I weip, for thee will I die !"
" Till late yeftreene in an elric hour
" She lap frae aft the hicheft touir."——
" Now fleip fhe in peace !" quoth the gallant
          fquire,
" Her dethe was the maift that I cold require 56
" But I'll main for thee my Ifabel deir,
          " Binnorie, O Binnorie !
" Full mony a dreiry day, bot weir,
          " By the bonny mildams of Binnorie." 60

THE DEATH OF MENTEITH.

Shrilly fhriek'd the raging wind,
  And rudely blew the blaft ;
Wi awfum blink, throuch the dark ha,
  The fpeidy lichtning paft.

" O hear ye nae, frae mid the loch,   5
  " Arife a deidly grane ?
" Sae ever does the fpirit warn,
  " Whan we fum dethe maun mane.

" I feir, I feir me, gude Sir John,
   " Ye are nae fafe wi me :   10
" What wae wald fill my heart gin ye
   " Sold in my caftle die!"

" Ye neid nae feir, my leman deir,
   " I'm ay fafe when wi thee ;
" And gin I maun nae wi thee live,   15
   " I here wad wifh to die."

His man cam rinning to the ha
   Wi wallow cheik belyve :
" Sir John Menteith, your faes are neir,
   " And ye maun flie or ftrive.   20

" What count fyne leads the cruel knight ?"
   " Thrie fpeirmen to your ane :
" I red ye flie, my mafter deir,
   " Wi fpeid, or ye'll be flain."

" Tak ye this gown, my deir Sir John,   25
   " To hyde your fhyning mail :
" A boat waits at the hinder port
   " Owr the braid loch to fail."

" O whatten a piteous fhriek was yon
   " That fough'd upo' my eir ?"   30
" Nae piteous fhriek I trow, ladie,
   " Bot the rough blaft, ye heir."

They focht the caftle, till the morn,
   Whan they were bown to gae,

They faw the boat turn'd on the loch,
 Sir John's corfe on the brae.   ·   36

***

FLODDEN FIELD.

FROM Spey to the border was peace and good
      order,
The fway of our monarch was mild as the May,
Peace be adored, whilk Soudrons abhorred.
Our marches they plunder, our wardens they flay.

'Gainft Louis our ally their Henry did fally,   5.
'Tho' James but in vain did his herauld advance,
Renouncing alliance, and denouncing defiance
To Soudrons, if langer abiding in France.

Many were the omens our ruin was coming,
E'er the flower of our nation was call'd to array:
Our king at devotion St. Andrew did caution, 11
And figh'd as with forrow he to him did fay,

Sir, in this expedition you muft have ambition;
From the company of all women you fhou'd keep
      away.
When the fpectre this declar'd, it quickly difap-
      pear'd;   15
But where it retired no man could efpy

The flow'rs of the nation were call'd on their
       station,
Wi valiant inclination their banner to display ;
To Burrow Muir resorting, their right for sup-
       porting,
And there rendevouzing, encamped did lay.   20

But another bad omen, that vengeance was com-
       ing,
At midnight, in Edinburgh, a voice loud did cry,
As heraulds, in their station, wi loud procla-
       mation,
Did name all our barons in England to die.

These words the demon spoke, at the throne of
       Plotcock,   25
It charged their appearing, appointing the day.
The provost, in its hearing, the summons greatly
       fearing,
Appeal'd to his Maker, the same did deny.

At this was many griev'd, as many disbeliev'd ;
But forward they marched to the destiny ;   30
From thence to the border they march'd in good
       order ;
The Merse men and Forest they join'd the array.

England's invasion, it was their persuasion,
To make restitution for their cruelty.
But O fatal Flodoun ! there came the wo down ;
And our royal nation was brought to decay.   36

After ſpoiling and burning, many hameward re-
    turning,
With our king ſtill the nobles and vaſſals abide.
To Surry's proud vaunting he anſwers but daunting;
The king would await him whatever betide.   40

The Engliſh advanced to where they were ſtanced ;
Half entrenched by nature, the field it ſo lay ;
To fight the Engliſh fearing, and ſham'd their
    retiring :
But alas ! unperceived was their ſubtilty.

Our Highland battalion, ſo forward and valiant 45
They broke from their ranks, and they ruſh'd on
    to ſlay :
With hacking and ſlaſhing, and broad ſwords a-
    daſhing,
Thro' the front of the Engliſh they cut a full way.

But alas to their ruin ! an ambuſh purſuing,
They were ſurrounded with numbers too high : 50
The Merſe men and Foreſt, they ſuffer'd the ſoreſt,
Upon the left wing was incloſed the ſame way.

Our men into parties, the battle in three quarters,
Upon our main body the markſmen did play :
The ſpearmen were ſurrounded, and all was con-
    founded ;   55
The fatal devaſtation of that woful day !

Our nobles all enſnared, our king he was not ſpared;
For of that fate he ſhared, and would not run away:

The whole were intercepted, that very few efcaped
The fatal conflagration of that woful day.   60

This fet the whole nation into grief and vexation:
The widows did weep, and the maidens did fay,
Why tarries my lover ? the battle's furely over :
Is there none left to tell us the fates of the day ?

I've heard a lilting at our ewes milking,   65
Laffes a-lilting afore the break of day :
But now there's a moaning on ilka green loaning.
Since our bra forefters are a' wed away.

At buchts i' the morning nae blyth lads are
        fcorning :
The laffes are lonely, dowie, and wae :   70
Nae. daffin, nae gabbin, but fighing and fabbing,
Ilk ane lifts her leglen, and hies her away.

At e'en in the glomin nae fwankeys are roaming,
Mang ftacks wi' the laffes at bogle to play ;
But ilk ane fits dreary, lamenting her deary, 75
The flowers of the foreft that are wed away.

In herft at the fhearing nae younkers are jeering :
The banfters are lyart, runkled, and gray.
At fairs nor at preaching, nae wooing, nae fleech-
        ing,
Since our bra Forefters are a' wed away.   80

O dool for the order fent our lads to the border !
The Englifh for anes by guile got the day :

The flowers of the foreſt that ay ſhone the fore-
	moſt,
The prime of our land, lyes cauld in the clay.

We'll hear nae mair lilting at our ewes milking :
The women and bairns are dowie and wae,	86
Sighing and moaning on ilka green loaning,
Since our bra Foreſters are a' weda way.

I've ſeen the ſmiling of fortune beguiling ;
I've felt all her favours, and found her decay. 90
Sweet is her bleſſing, and kind her carreſſing ;
But now it is fled, it is fled far away.

I've ſeen the foreſt adorned the foremoſt
With flowers of the faireſt both pleaſant and gay :
Sae bonny was their blooming, their ſcent the
	air perfuming ;	95
But now they are withered, and all gone away.

I've ſeen the morning with gold the hills adorn-
	ing,
And loud tempeſt ſtorming before mid-day :
I have ſeen Tweed's ſilver ſtreams ſhining i' the
	ſunny beams,
Grow drumly and dark as it roll'd on the way. 100

O fickle fortune ! why this cruel ſporting ?
Why thus perplexing poor ſons of a day ?
Thy frowns cannot fear me, nor ſmiles cannot
	cheer me,
Since the flowers of the foreſt are a' wed away.

THE BATTLE OF REID-SQUAIR.

O_N July feventh, the futhe to fay,
  At the Reid-Squair the tryft was fet.
Our wardens they affixt the day,
  And as they promift, fae they met:
  Allace! that day I'll neir forget,   5
Was fure fae feir'd, and then fae fain,
  They cam thair juftice for to get,
Will nevir grein to cum again.

Carmichael was our warden then;
  He caufit the countrey to convene,   10
And the laird Watt, that worthy man,
  Brocht in his furname, weil be fene:
  The Armftrangs that ay haif bene
A hardy houfe, but not a hail;
  The Elliot's honours to mentain,   15
Brought in the laif of Liddifdale.

'Then Twidail came to with fpeid,
  The Scheriff brocht the Douglas down,
With Cranftane, Glodftane, gude at neid,
  Baith Rewls-water and Hawick town.   20

Beangeddert bauldly maid him boun,
With all the Trumbles ſtrang and ſtout ;
    The Ruthirfuirds, with grit renoun,
Convoyit the town of Jedbruch out.

With other clanns I can nocht tell,   25
    Becauſe our wairning was nocht wyde,
Be this our folk hes tane the fell,
    And plantit pallions thair to byde :
    We lukit down the uther ſyde,
And ſaw cum brieſting owr the brae,   30
    And Sir George Foſter was thair gyde,
With fyftene hundrïd men and mae.

It greivt him ſair that day I trow,
    With Sir John Hinrome of Schipſydehouſe,
Becauſe we were not men enow,   35
    He counted us not worth a ſouſe ;
    Sir George was gentil, meik, and douſe,
Eut he was hail and het as fyre :
    But zet for all his cracking crouſe
He rew'd the raid of the Reid Squyre.   40

To deil wi proud men is but pain,
    For ether ze maun fecht or flie,
Or els nae anſwer mack again,
    But play the beiſt, and let him be.
    It was nae wondir tho' he was hie,   45
Had Tyndall, Redſdaile at his hand,
    With Cuckſdaile, Gladſdaile on the lie,
And Hebſrime and Northumberland.

Zit was our meiting meik enough,
    Begun wi mirrinefs and mows,   50
And at the brae abune the heugh
    The clerk fat doun to call the rows,
    And fum for ky and fum for ewis,
Callit in of Dandrie Hob and Jock,
    I faw cum merching owre the knows,   55
Fyve hundred Fennicks in a flock.

Wi jack and fpeir, and bowis all bent,
    And warlike weapons at their will ;
Howbeit they wer not weil content,
    Zit be me trouth we feird nae ill :   60
    Sum zeid to drink, and fum ftude ftill,
And fum to cards and dyce them fped,
    Quhyle on ane Farftein they fyld a bill,
And he was fugitive that fled.

Carmichael bad them fpeik out plainly,   65
    And cloke nae caufe for ill nor gude ;
The uther anfwering him full vainly,
    Begouth to reckon kin and blude ;
    He raife and rax'd him quhair he ftude,
And bade him match him wi his marrows ;   70
    Then Tyndal hard thefe refeuns rude,
And they lute aff a flight of arrows.

Then was ther nocht but bow and fpeir,
    And ilka man pullit out a brand,
A Schaftan and a Fennick their,   75
    Gude Symington was flain frae hand.

The Scotifmen cryd on uther to ftand,
Frae tyme they faw John Robfon flain :
   Quhat fuld they cry ! The King's command
Could caufe nae coward turn again.   80

Up raife the laird to rid the cumber,
   Quhilk wald not be for all his boift,
Quhat fuld we do wi fic a number,
   Fyve thoufand men into an hoift ?
   Then Henry Purdie proud hes coft,   85
And verie narrowlie had mifchiefd him,
   And ther we hed our Warden loft,
Wart not the grit God he reliv'd him.

Ane uther throw the breiks him bair,
   Quhyle flatlines to the ground he fell :   90
Then thocht I, we had loft him thair,
   Into my heart it ftruck a knell ;
   Zit up he raife, the truth to tell,
And laid about him dunts full dour ;
   His horfemen they faucht ftout and fnell,   95
And ftude about him in the ftour.

Then rais'd the flogan with an fchout,
   Fy, Tyndall to it, Jedburgh heir :
I trow he was not half fae ftout,
   But anes his ftomak was afteir,   100
   With gun and genzie, bow and fpeir,
He micht fe mony a crakit crown,
   But up amang the merchant geir,
They bufie wer as we wer doun.

The fwallow-tails frae teckles flew,   105
   Fyve hundred flain into the flight,
But we had peftellets anew,
   And fchot amang them as we micht.
   With help of God the game gade richt,
Frae tyme the foremoft of them fell ;   110
   Hynd owre the know, without gude-nicht,
They ran with mony a fchout and zell.

And after they had turn'd again,
   Zit Tyndall's men they turn'd again,
And had not bene the merchant packs,   115
   There had bene mae of Scotland flain :
   But Jefu gif the folk was fain
To put the buffing on thair theis,
   And fae they fled with all thair main,
Doun owir the brae, lyke clogged beis   120

Sir Francis Ruffel tane was thair,
   And hurt, as we heir men reherfe ;
Proud Wallingtoun was wounded fair,
   Albeit he was a Fennick ferce ;
   But gif ze wald a fouldier ferche   125
Amang them all was tane that night,
   Was nane fae wordie of our verfe
As Colingwood, that courteous knight.

Zung Henry fkapit hame, is hurt,
   A fouldier fchot him with a bow,   130
Scotland has caufe to make great fturt,
   For laiming of the Laird of Mow.

The Laird Watt did weil indeid,
His friends ftude ftoutly by himfell,
   With little Gladftane, gude in neid,   135
For Gretein kend not gude be ill.

The Scheriff wantit not gude will,
   Howbeit he might not fecht fae faft :
Benjeadert, Hundlie, and Hunthill,
   Three, on they laid weil at the laft,   140
   Except the horfemen of the gaird ;
If I could put men to avail,
   Nane ftoutlier ftude out for their laird,
Nor did the lads of Liddifdale.

But little harnefs had we thair,   145
   But auld Badrule had on a jack,
And did richt weill, I zou declair,
   With all the Trumbulls at his back.
   Gude Ederftane was not to lack,
With Kirktoun, Newtoun, nobill man ;   150
   Thir is all the fpecials I haif fpack,
Forby them that I could nocht ken.

Quha did invent that day of play,
   We neid nocht feir to find him fune ;
For Sir John Fofter, I dare weil fay,   155
   Maid us that noyfome afternune :
   Not that I fpeik precifely out,
That he fuppos'd it wald be perill,
   But pryde and breaking out, but dout,
Gart Tyndall lads begin the quarrell.   160

CHEVY-CHACE.

God prosper long our noble king,
   Our lives and safetyes all ;
A woeful hunting once there did
   In Chevy-chace befall ;

To drive the deere with hound and horne,   5
   Earl Percy took his way ;
The child may rue that is unborne,
   The hunting of that day.

The stout Earl of Northumberland
   A vow to God did make,   10
His pleasure in the Scottish woods
   Three summer days to take ;

The cheefest harts in Chevy-Chace
   To kill and beare away.
These tydings to Earl Douglas came,   15
   In Scotland, where he lay :

Who sent Earl Percy present word,
   He would prevent his sport.
The English earl not fearing this,
   Did to the woods resort,   20

E

With fifteen hundred bowmen bold,
　All chofen men of might,
Who knew full well in time of neede,
　To aime their fhafts aright.

The gallant greyhounds quickly ran,　　　25
　To chafe the fallow-deere :
On Monday they began to hunt,
　E'er day-light did appear ;

And long before high noon, they had
　An hundred fat buckes flaine ;　　　30
Then having din'd, the drovers wont
　To rouze them up again.

The bow-men mufter'd on the hills,
　Well able to endure ;
Their backfides all, with fpecial care,　　　35
　That day were guarded fure.

The hounds ran fwiftly thro' the woods.
　The nimble deere to take,
And with their cryes the hills and dales
　An echo fhrill did make.　　　40

Lord Percy to the quarry went,
　To view the tender deere ;
Quoth he, Earl Douglas promifed
　This day to meet me heere :

But if I thought he would not come,　　　45
　No longer would I ftay.

With that, a brave young gentleman
   Thus to the Earl did fay :

Loe yonder doth Earl Douglas come,
   His men in armour bright ;   50
Full twenty hundred Scottifh fpeares
   All marching in our fight ;

All men of pleafant Tivydale,
   Faft by the river Tweede.
Then ceafe your fport, Earl Percy faid,   55
   And take your bows with fpeede :

And now with me, my countrymen,
   Your courage forth advance ;
For never was there champion yet
   In Scotland or in France,   60

That ever did on horfeback come,
   But if my hap it were,
I durft encounter man for man,
   With him to break a fpeare.

Earl Douglas on a milk-white fteede,   65
   Moft like a baron bold,
Rode foremoft of his company,
   Whofe armour fhone like gold :

Show me, fayd he, whofe men you bee,
   That hunt fae boldly heere,   70

E 2

That, without my confent, do chafe
   And kill my fallow-deere ?

The man that firft did anfwer make,
   Was noble Percy hee ;
Who fayd, We lift not to declare,   75
   Nor fhew whofe men we bee :

Yet will we fpend our deereft blood,
   Thy chiefeft harts to flay.
Then Douglas fwore a folemn oathe,
   And thus in rage did fay,   80

E'er thus I will out-braved bee,
   One of us two fhall dye :
I know thee well, an earl thou art ;
   Lord Percy, fo am I ;

But truft me, Percy, pity it were,   85
   And great offence to kill
Any of thefe our harmleffe men,
   For they have done no ill.

Let thou and I the battel trye,
   And fet our men afide.   90
Accurs'd bee hee, Lord Percy fayd,
   By whom this is denyed.

Then ftept a gallant fquire forth,
   Wotherington was his name,

Who faid, I wold not have it told   95
   To Henry our king for fhame,

That e'er my captaine fought on foote,
   And I ftood looking on,
You bee two earls, fayd Witherington,
   And I a fquire alone: 100

I'll doe the beft that doe I may,
   While I have power to ftand:
While I have power to weeld my fword,
   I'll fight with heart and hand.

Our Englifh archers bent their bowes,   105
   Their hearts were good and trew;
At the firft flight of arrows fent,
   Full threefcore Scots they flew.

To drive the deere with hound and horn,
   Earl Douglas had the bent;   110
Two captaines mov'd with mickle pride;
   Their fpeares to fhivers went.

They clos'd full faft on everye fide,
   No flacknefs there was found;
And many a gallant gentleman   115
   Lay gafping on the ground.

O Chrift! It was a griefe to fee,
   And likewife for to heare,

The cries of men lying in their gore,
  And fcatter'd here and there.   120

At laft thefe two ftout earles did meet,
  Like captaines of great might ;
Like lyons wood, they layd on load,
  And made a cruel fight :

They fought untill they both did fweat,   125
  With fwords of temper'd fteele ;..
Untill the blood, like drops of rain,
  They trickling downe did feele.

Yeeld thee, Lord Percy, Douglas fayd ;
  In faith I will thee bring,   130
Where thou fhalt high advanced bee
  By James our Scottifh king :

Thy ranfom I will freely give,
  And thus report.of thee,
Thou art the moft courageous knight   135
  That ever I did fee.

No, Douglas, quoth earl Percy then,
  Thy proffer I doe fcorne ;
I will not yeelde to any Scot,
  That ever yet was borne.   140

With that, there came an arrow keene
  Out of an Englifh bow,

Which ftrucke Earl Douglas to the heart,
   A deep and deadlye blow:

Who never fpoke more words than thefe,   145
   Fight on, my merry men all;
For why, my life is at an end;
   Lord Percy fees me fall.

Then leaving life, Earl Percy tooke
   The dead man by the hand;   150
And faid, Earl Douglas, for thy life
   Would I had loft my land.

O Chrift! my very heart doth bleed,
   With forrow for thy fake;
For fure, a more renowned knight   155
   Mifchance did never take.

A knight amongft the Scots there was,
   Who faw Earl Douglas dye,
Who ftreight in wrath did vow revenge
   Upon the Lord Percy: 160

Sir Hugh Mountgomery was he call'd,
   Who, with a fpeare moft bright,
Well-mounted on a gallant fteed,
   Ran fiercely thro' the fight;

And paft the Englifh archers all,   165
   Without all dread or feare;

E 4

And thro' Earl Percy's body then
  He thruſt his hatefull ſpeare ;

With ſuch a vehement force and might
  He did his body gore,   170
The ſpeare went thro' the other ſide
  A large cloth-yard and more.

So thus did both theſe nobles dye,
  Whoſe courage none could ſtaine :
An Engliſh archer then perceiv'd   175
  The noble earl was ſlain :

He had a bow bent in his hand,
  Made of a truſty tree ;
An arrow of a cloth-yard long
  Up to the head drew hee :   180

Againſt Sir Hugh Mountgomery,
  So right the ſhaft he ſett,
The grey gooſe wing that was thereon,
  In his heart's blood was wett.

This fight did laſt from break of day,   185
  Till ſetting of the ſun ;
For when they rung the evening-bell,
  The battel ſcarce was done.

With brave Earl Percy, there was ſlain
  Sir John of Ogerton,   190

Sir Robert Ratcliff, and Sir John,
　Sir James that bold baron.

And with Sir George and ftout Sir James,
　Both knights of good account,
Good Sir Ralph Rabby there was flaine,　　195
　Whofe proweffe did furmount.

For Witherington needs muft I wayle,
　As one in doleful dumps;
For when his legs were fmitten off,
　He fought upon his ftumpes.　　　200

And with Earl Douglas, there was flain
　Sir Hugh Montgomery;
Sir Charles Murray, that from the feeld
　One foote would never flee.

Sir Charles Murray of Ratcliff, too,　　205
　His fifter's fone was hee;
Sir David Lamb, fo well efteem'd,
　Yet faved could not be.

And the Lord Maxwell in like cafe
　Did with Earl Douglas dye:　　　210
Of twenty hundred Scottifh fpeeres,
　Scarce twenty-five did flye.

Of fifteen hundred Englifh men,
　Went home but fifty-three;

The reft were flain in Chevy-chace :			215
Under the green-woode tree.

Next day did many widowes come,
	Their hufbands to bewayle ;
They wafht their wounds in brinifh teares,
	But all would not prevayle.			220

Their bodyes, bath'd in purple gore,
	They bare with them away ;
They kift them dead a thoufand times,
	When they were cladd in clay.

This newes was brought to Edenborrow,		225
	Where Scotland's king did rayne,
That brave Earl Douglas fuddenlye
	Was with an arrow flaine :

O heavy newes ! King James did fay,
	Scotland can witneffe bee,			230
I have not any captain more
	Of fuch account as hee.

Like tydings to King Henry came,
	Within as fhort a fpace,
That Percy of Northumberland			235
	Was flain in Chevy-chafe :

Now God be with him, faid our king,
	Sith it will no better bee ;
I truft I have within my realme,
	Five hundred as good as hee :			240

Yet fhall not Scots nor Scotland fay,
    But I will vengeance take ;
I'll be revenged on them all,
    For brave Earl Percy's fake.

This vow the king full well perform'd   245
    After, on Humbledowne ;
In one day, fifty knights were flayne,
    With Lords of great renowne.

And of the reft, of fmall account,
    Did many thoufands dye :   250
Thus ended the hunting of Chevy-chafe,
    Made by the Earl Percy.

God fave the king, and blefs this land
    In plenty, joy, and peace ;
And grant henceforth, that foule debate
    'Twixt noblemen may ceafe.   256

LADY BOTHWELL'S LAMENT.

Balow, my boy, ly ftill and fleep,
It grieves me fair to hear thee weep :
If thou'it be filent, I'll be glad,
Thy mourning makes my heart full fad.
             E 6

Balow, my boy, thy mother's joy, 5
Thy father bred me great annoy.
  Balow, my dear, lie ſtill and ſleep,
  It grieves me ſair to hear thee weep.

Balow, my darling, ſleep a while,
And when thou wak'ſt, then ſweetly ſmile ; 10
But ſmile not as thy father did,
To cozen maids, nay, God forbid ;
For in thine eye his look I ſee,
The tempting look that ruin'd me,
  Balow, my boy, &c. 15

When he began to court my love,
And with his ſugar'd words to move,
His tempting face, and flatt'ring cheer,
In time to me did not appear ;
But now I ſee that cruel he 20
Cares neither for his babe nor me.
  Balow, my boy, &c.

Fareweel, fareweel, thou falſeſt youth
That ever kiſt a woman's mouth ;
Let never any after me 25
Submit unto thy courteſy :
For, if they do, O ! cruel thou
Wilt her abuſe, and care not how.
  Balow, my boy, &c.

I was too cred'lous at the firſt, 30
To yield thee all a maiden durſt ;

Thou fwore for ever true to prove,
Thy faith unchang'd, unchang'd thy love ;
But quick as thought the change is wrought,
Thy love nae mair, thy promife nought.   35
    Balow, my boy, &c.

O gin I were a maid again,
From young men's flatt'ry I'd refrain ;
For now unto my grief I find
They all are perjur'd and unkind: 40
Bewitching charms bred all my harms,
Witnefs my babe lyes in my arms.
    Balow, my boy, &c.

I tak my fate from bad to worfe,
That I muft needs be now a nurfe,   45
And lull my young fon on my lap :
From me, fweet orphan, tak the pap :
Balow, my child, thy mother mild
Shall wail as from all blifs exil'd.
    Balow, my boy, &c.   50

Balow, my boy, weep not for me,
Whofe greateft grief's for wranging thee,
Nor pity her deferved fmart,
Who can blame none but her fond heart ;
For, too foon trufting lateft finds,   55
With faireft tongues are falfeft minds.
    Balow, my boy, &c.

Balow, my boy, thy father's fled,
When he the thriftlefs fon hath play ;
                     E 7

Of vows and oaths forgetful, he 60
Preferr'd the wars to thee and me.
But now, perhaps, thy curfe and mine
Make him eat acorns with the fwine.
  Balow, my boy, &c.

But curfe not him ; perhaps now he, 65
Stung with remorfe, is blefling thee :
Perhaps at death ; for who can tell,
Whether the judge of heaven or hell,
By fome proud foe has ftruck the blow,
And laid the dear deceiver low ? 70
  Balow, my boy, &c.

I wifh he were into the bounds,
Where he lies fmother'd in his wounds,
Repeating, as he pants for air,
My name, whom once he call'd his fair ; 75
No woman's yet fo fiercely fet,
But fhe'll forgive, though not forget.
  Balow, my boy, &c.

If linen lacks, for my love's fake,
Then quickly to him would I make 80
My fmoke once for his body meet,
And wrap him in that winding-fheet.
Ah me ! how happy had I been,
If he had ne'er been wrapt therein.
  Balow, my boy, &c. 85

Balow, my boy, I'll weep for thee :
Too foon, alake, thou'lt weep for me :

Thy griefs are growing to a fum,
God grant thee patience when they come ;
Born to fuftain thy mother's fhame,
A haplefs fate, a baftard's name.   90
        Balow, my boy, lie ftill and fleep,
        It grieves me fair to hear thee weep.

THE BRAES OF YARROW.

A. Busk ye, bufk ye, my bonny bonny bride,
    Bufk ye, bufk ye, my winfome marrow ;
Bufk ye, bufk ye, my bonny bonny bride,
    And think nae mair on the braes of Yarrow.

B. Where gat ye that bonny bonny bride ?   5
    Where gat ye that winfome marrow ?
A. I gat her where I dare nae weil be feen,
    Puing the birks on the braes of Yarrow.

Weep not, weep not, my bonny bonny bride,
    Weep not, weep not, my winfome marrow, 10
Nor let thy heart lament to lieve
    Puing the birks on the braes of Yarrow.

B. Why does fhe weep, thy bonny bonny bride ?
    Why does fhe weep, thy winfome marrow :

And why dare ye nae mair weil be seen   15
   Puing the birks on the braes of Yarrow.

A. Lang maun she weep, lang maun she weep,
   Lang maun she weep with dule and forrow,
And lang maun I nae mair weil be seen
   Puing the birk on the braes of Yarrow: 20

For she has tint hir luver luver dear,
   Hir luver dear, the caufe of forrow,
And I hae flain the comelieft fwain
   That e'er pu'd birk on the braes of Yarrow.

Why run thy ftreams O Yarrow, Yarrow, red ? 25
   Why on thy braes heard the voice of forrow ?
And why yon melancholeous weeds,
   Hung on thy bonny birks of Yarrow ?

What's yonder floats on the rueful, rueful ftream ?
   What's yonder floats ? O dule and forrow ! 30
'Tis he, the comely fwain I flew
   Upon the doleful braes of Yarrow.

Wafh, O wafh his wounds, his wounds in tears,
   His wounds in tears, with dule and forrow.
And wrap his limbs in mourning weids,   35
   And lay him on the braes of Yarrow.

Then build, then build, ye fifters fifters fad,
   Ye fifters fad, his tomb with forrow,
And weep around in waeful wife,
   His haplefs fate on the braes of Yarrow.   40

Curfe ye, curfe ye, his ufelefs ufelefs fhield,
 My arm that wrought the deid of forrow,
The fatal fpear that pierced his breaft,
 His comely breaft on the braes of Yarrow.

Did I not warn thee not to lue,   45
 And warn from fight ; but to my forrow,
O'er rafhly bald a ftronger arm
 Thou met'ft, and fell on the braes of Yarrow.

Sweet fmells the birk, green grows, green grows
   the grafs,
 Yallow on Yarrow's banks the gowan,   50
Fair hangs the apple frae the rock,
 Sweet the wave of Yarrow flowan.

Flows Yarrow fweet ? as fweet as fweet flows
   Tweed,
 As green its grafs, its gowan as yellow,
As fweet fmells on its brae the birk,   55
 The apple frae the rock as mellow.

Fair was thy luve, fair fair indeed thy luve,
 In flowry bands thou him didft fetter ;
Tho' he was fair and well beluv'd again,
 Than me he never lued thee better.   60

Bufk ye, then bufk, my bonny bonny bride,
 Bufk ye, bufk ye, my winfome marrow,
Bufk ye, and lue me on the banks of Tweed,
 And think nae mair on the braes of Yarrow.

C. How can I buſk a bonny bonny bride ?   65
   How can I buſk a winſome marrow ?
How lue him on the banks of Tweed,
   That ſlew my love on the braes of Yarrow.

O Yarrow fields, let never never rain,
   No dew thy tender bloſſoms cover;   70
For there was baſely ſlain my luve,
   My luve, as he had not been a lover.

The boy put on his robes, his robes of green,
   His purple veſt, 'twas my awn ſeuing !
Ah ! wretched me ! I little kend   75
   He was in theſe to meet his ruin.

The boy took out his milk-white milk-white ſteed,
   Unheedful of my dule and ſorrow;
But e'er the toofal of the night
   He lay a corps on the braes of Yarrow.   80

Much I rejoic'd that waeful waeful day ;
   I ſang, my voice the woods returning :
But lang e'er night, the ſpear was flown
   That ſlew my love, and left me mourning.

What can my barbarous barbarous father do,   85
   But with his cruel rage purſue me ?
My luver's blood is on thy ſpear,
   How can'ſt thou, barbarous man, then woo me ?

My happy ſiſters may be may be proud ;
   With cruel and ungentle ſcoffin,   90

May bid me feek on Yarrow braes
    My luver nailed in his coffin.

My brother Douglas may upbraid,
    And ftrive with threat'ning words to move me :
My luver's blood is on thy fpear,   95
    How can'ft thou ever bid me luve thee.

Yes, yes, prepare the bed, the bed of luve ?
    With bridal fheets my body cover ;
Unbar, ye bridal maids, the door,
    Let in the expected hufband lover.   100

But who the expected hufband hufband is ?
    His hands, methinks, are bath'd in flaughter ;
Ah me ! What ghaftly fpectre's yon,
    Comes in his pale fhroud, bleeding after ?

Pale as he is, here lay him, lay him down,   105
    O lay his cold head on my pillow ;
Tak aff, tak aff thefe bridal weids,
    And crown my careful head with willow.

Pale tho' thou art, yet beft, yet beft beluv'd,
    O could my warmth to life reftore thee !   110
Yet lye all night between my briefts,
    No youth lay ever there before thee.

Pale pale indeed, O luvely luvely youth,
    Forgive, forgive fo foul a flaughter !
And lye all night between my breifts ;   115
    No youth fhall ever lye there after.

A. Return, return, O mournful mournful bride,
  Return and dry thy ufelefs forrow ;
Thy lover heeds nought of thy fighs,
  He lyes a corps on the braes of Yarrow.   120

THE BRAES OF YARROW,

BY MR. LOGAN.

" THY braes were bonny, Yarrow ftream,
  " When firft on them I met my lover,
" Thy braes how dreary, Yarrow ftream !
  " When now thy waves his body cover !
" For ever now, O Yarrow ftream !   5
  " Thou art to me a ftream of forrow ;
" For never on thy banks fhall I
  " Behold my love, the flower of Yarrow.

" He promis'd me a milk-white fteed,
  " To bear me to his father's bowers ;   10
" He promifed me a little page,
  " To 'fquire me to his father's tow'rs ;
" He promifed me a wedding-ring,—
  " The wedding-day was fix'd to-morrow ;—
" Now he is wedded to his grave,   15
  " Alas ! his watery grave, in Yarrow.

" Sweet were his words when laft we met ;
  " My paffion I as freely told him !
" Clafp'd in his arms, I little thought
  " That I fhould never more behold him !   20

" Scarce was he gone, I faw his ghoft ;
    " It vanifh'd with a fhriek of forrow ;
" Thrice did the water-wraith afcend,
    " And gave a doleful groan thro' Yarrow.

" His mother from the window look'd,   25
    " With all the longing of a mother ;
" His little fifter weeping walk'd
    " The green-wood path to meet her brother :
" They fought him eaft, they fought him weft,
    " They fought him all the foreft thorough ; 30
" They only faw the cloud of night,
    " They only heard the roar of Yarrow !

" No longer from thy window look,
    " Thou haft no fon, thou tender mother !
" No longer walk, thou lovely maid !   35
    " Alas, thou haft no more a brother !
" No longer feek him eaft or weft,
    " And fearch no more the foreft thorough :
" For wandering in the night fo dark,
    " He fell a lifelefs corfe in Yarrow.   40

" The tear did never leave her cheek,
    " No other youth fhall be my marrow ;
" I'll feek thy body in the ftream,
    " And then with thee I'll fleep in Yarrow."
The tear did never leave her cheek,   45
    No other youth became her marrow ;
She found his body in the ftream,
    And now with him fhe fleeps in Yarrow.

THE CHILD OF ELLE.

On yonder hill a caftle ftands,
  Wi walles and towres bedight ;
And yonder lives the child of Elle,
  A younge and comely knighte.

The Child of Elle to his garden went,   5
  And ftood at his garden pale,
Whan low, he beheld fair Emmeline's page,
  Come tripping doun the dale.

The Child of Elle he hy'd him thence,
  Y-wis he ftoode not ftille,   10
And foone he mette fair Emmeline's page
  Come climbing up the hille.

Now Chrifte thee fave thou little foot page,
  Now Chrifte thee fave and fee ;
Oh tell me how does thy lady gaye,   15
  And what may thy tidings be ?

My lady fhe is all woe-begone,
  And the teares they fall from her eyne ;
And aye fhe laments the deadly feude
  Betweene her houfe and thine.   20

And here shee sends thee a silken scarfe,
   Bedewde with many a teare;
And bids thee sometimes think on her
   Who loved thee so deare.

And here shee sends thee a ring of gold,   25
   The last boon thou may'st have;
And biddes thee weare it for her sake
   Whan she is laid in grave.

For ah! her gentle heart is broke,
   And in grave soone must shee bee,   30
Sith her father hath chose her a new love,
   And forbidde her to think of thee.

Her father hath broucht her a carlish knight,
   Sir John of the north countraye,
And within three dayes she must him wedde, 35
   Or he vowes he will her slaye.

Now hye thee backe, thou little foot page,
   And greet thy ladye from mee.
And telle her that I, her owne true love,
   Will dye or sette her free,   40

Now hye thee backe, thou little foot page,
   And let thy fair ladye know
This night will I be at her bowre-windowe,
   Betide me weale or woe.

The boye he tripp'd, the boye he ranne,   45
   He neither stint na stayd,

Untill he came to fair Emmeline's bowre,
  Whan kneeling downe he fayd ;

O ladye ! I've been wi thy own true love,
  And he greets thee well by mee ;   50
This night will he bee at thy bowre windowe,
  And die or fett thee free.

Now day was gone, and night was come,
  And all were faft afleep :
All fave the lady Emmeline,   55
  Who fate in her bowre to weepe.

And fune fhe heard her true love's voice,
  Lowe whifpering at the walle ;
Awake, awake, my dear ladye,
  'Tis I thy true love call.   60

Awake, awake, my lady deare,
  Come mount this fair palfrye ;
This ladder of ropes will lette thee downe,
  I'll carrye thee hence awaye.

Now naye, now naye, thou gentle knicht,   65
  Now naye, this maye not bee ;
For aye fhould I tine my maiden fame,
  If alone I fhould wend wi thee.

O ladye ! thou with a knight fo true
  Mayft fafely wend alone ;   70
To my lady mother I will thee bring,
  Where marriage fhall make us one.

" My father he is a baron bolde,
  " Of lynage proud and hye,
" And what would he fay if his daughter   75
  " Away with a knight fhould fly ?

" Ah well I wot he nevir would reft,
  " Nor his meate fhould do him no goode,
" Till he had flayne thee, Child of Elle,
  " And feene thy deare heart's bloode."   80

O ! lady, wert thou in thy faddle fet,
  And a little fpace him fro,
I would not care for thy cruel father,
  Nor the worft that he could doe.

O ! lady, wert thou in thy faddl efet,   85
  And once without this walle,
I would not care for thy cruel father,
  Nor the worft that might befalle.

Fair Emmeline figh'd, fair Emmeline wept,
  And aye her heart was woe,   90
At lengthe he feizde her lilly-white hand,
  And doune the ladder he drewe.

And thrice he clafpde her to his brefte,
  And kift her tenderlie;
The tears that fell from her fair eyes   95
  Ranne like the fountayne free.

F

He mounted himfelfe on his fteede fo talle,
　　And her on a fair palfraye,
And flung his bugle about his necke,
　　And roundlye they rode awaye.　　　　　100

All this beheard her own damfelle,
　　In her bed whereas fhe lay ;
Quoth fhee, My lord fhall knowe of this,
　　So I fhall have gold and fee.

Awake, awake, thou baron bold!　　　　105
　　Awake, my noble dame!
Your daughter is fled wi the Child of Elle,
　　To doe the deede of fhame.

The baron he woke, the baron he rofe,
　　And callde his merry men all ;　　　　110
" And come thou forth, Sir John the knighte,
　　" The ladye is carried to thrall."

Fair Emmeline fcant had ridden a mile,
　　A mile forth of the towne,
When fhe was aware of her father's men　　115
　　Come galloping over the downe.

And foremoft came the carlifh knight,
　　Sir John of the north countraye,
" Nowe ftop, nowe ftop, thou falfe traitour,
　　" Nor carry that lady awaye.　　　　　120

" For fhe is come of hye lynage,
  " And was of a lady borne;
" And ill it befeems thee a falfe churle's fonne,
  " To carry her hence to fcorne."

Now loud thou lyeft, Sir John the knight,   125
    Nowe thou doeft lye of me;
A knight me gott, and a ladye me bore,
    Soe never did none by thee.

But light nowe doune, my lady faire,
    Light down and hold my fteed,   130
While I and this difcourteous knighte
    Do try this arduous deede.

Fair Emmeline figh'd, fair Emmeline weept,
    And aye her heart was woe;
While twixt her love and the carlifh knight, 135
  ' Paft many a baleful blow.

The Child of Elle he fought foe well,
    As his weapon he wavde amaine,
That foone he had flaine the carlifh knight,
    And layd him upon the playne.   140

And now the baron and all his men
    Full faft approached nye,
Ah! what may ladye Emmeline doe?
    'Twere now no boote to flye.

F 2

Her lover he put his horne to his mouth,   145
    And blew both loud and fhrill,
And foone he fawe his owne merry men
    Come ryding o'er the hill.

Now hold thy hand thou bold baron,
    I pray thee hold thy hand;   150
Nor ruthlefs rend two gentle hearts
    Faft knit in true love's band.

Thy daughter I have dearly lovde,
    Full long and many a day,
But with fuch love as holy kirke   155
    Hath freelye faid wee may.

O give confent fhe may be mine,
    And bleffe a faithful pare;
My lands and livings are not fmall,
    My houfe and lynage faire.   160

My mother fhe was an erle's daughter,
    And a noble knight my fire——
The baron he frownde, and turn'd away,
    With meikle dole and ire.

Fair Emmeline figh'd, fair Emmeline wept, 165
    And did all trembling ftand;
At lengthe fhe fprang upon her knee,
    And held his lifted hand.

Pardon, my lord and father deare,
   This fair young knight and mee ;   170
Truft me, but for the carlifh knight,
   I never had fled from thee.

Oft have you call'd your Emmeline
   Your darling and your joye ;
O let not then your harfh refolves   175
   Your Emmeline deftroye.

The baron he ftroak'd his dark-broun cheeke,
   And turn'd his head afyde,
To wipe away the ftarting teare
   He proudly ftrave to hyde.   180

In deep revolving thought he ftoode,
   And mus'd a little fpace;
Then rais'd fair Emmeline from the grounde,
   With many a fond embrace.

Here take her, Child of Elle, he fayd;   185
   And gave her lillye hand :
Here take my deare and only child,
   And wi her half my land,

Thy father once mine honour wrong'd,
   In dayes of youthful pride ;   190
Do thou the injury repayre
   In fondnefs for thy bride.

F 3

And as thou love her, and hold her deare,
  Heaven profper thee and thine;
And now my blefling wend wi' thee,
  My lovely Emmeline.   196

GILDEROY.

GILDEROY was a bonny boy,
  Had rofes till his fhoon;
His ftockings were of filken foy,
  Wi garters hanging down.
It was, I ween, a comelie fight   5
  To fee fae trim a boy:
He was my joy, and heart's delight,
  My handfome Gilderoy.

O fic twa charming een he had!
  Breath fweet as ony rofe: 10
He never ware a Highland plaid,
  But coftly filken clothes.
He gain'd the luve of ladies gay,
  Nane e'er to him was coy:
Ah! wae is me, I mourn the day   15
  For my dear Gilderoy.

My Gilderoy and I were born
  Baith in ae town together;

We scant were seven years beforn
  We 'gan to luve ilk ither : 20
Our dadies and our mamies thay
  Were fill'd wi mickle joy,
To think upon the bridal day
  Of me and Gilderoy.

For Gilderoy, that luve of mine 25
  Gude faith, I freely bought
A wedding sark of Holland fine,
  Wi dainty ruffles wrought ;
And he gied me a wedding ring
  Which I receiv'd wi joy : 30
Nae lad nor lassie e'er could sing
  Like me and Gilderoy.

Wi mickle joy we spent our prime
  Till we were baith sixteen,
And aft we past the langsame time 35
  Amang the leaves sae green :
Aft on the banks we'd sit us thair,
  And sweetly kiss and toy ;
While he wi garlands deck'd my hair,
  My handsome Gilderoy. 40

Oh that he still had been content
  Wi me to lead his life !
But, ah ! his manfu heart was bent
  To stir in feats of strife :
And he in many a ventrous deed 45
  His courage bauld wad try ;

And now this gars my heart to bleed
    For my dear Gilderoy.

And when of me his leave he tuik,
    The tears that wat mine ee :   50
I gied him fic a parting luik !
    " My bennifon gang wi thee !
" God fpeed thee weil, mine ain dear heart,
    " For gane is all my joy ;
" My heart is rent, fith we maun part,   55
    " My handfome Gilderoy."

My Gilderoy, baith far and near
    Was fear'd in every toun ;
And bauldly bare awa the geir,
    Of mony a lawland loun.   60
For man to man durft meet him nane,
    He was fae brave a boy ;
At length wi numbers he was tane,
    My winfome Gilderoy.

Wae worth the louns that made the laws   65
    To hang a man for gear ;
To reave of life for fic a caufe
    As ftealing horfe or mare !
Had not their laws been made fae ftrick
    I ne'er had loft my joy ;   70
Wi forrow ne'er had wat my cheek
    For my dear Gilderoy.

Gif Gilderoy had done amifs,
    He mought hae banifht been ;—

Ah what fair cruelty is this,   75
   To hang fic handfome men !
To hang the flower o' Scottifh land,
   Sae fweet and fair a boy :—
Nae lady had fae white a hand
   As thee, my Gilderoy.   80

Of Gilderoy fae fear'd they were,
   Wi irons his limbs they ftrung ;
To Edinborow led him thair,
   And on a gallows hung.
They hung him high aboon the reft,   85
   He was fae bauld a boy ;
Thair dyed the youth wham I lued beft,
   My handfome Gilderoy.

Sune as he yielded up his breath,
   I bare his corfe away ;   90
Wi tears, that trickled for his death,
   I wafh'd his comelie clay ;
And ficker in a grave right deep
   I laid the dear lued boy :
And now for ever I maun weep,   95
   My winfome Gilderoy.

F 5

EDWARD.

WHY does your brand sae drap wi bluid,
   Edward, Edward ?
Why does your brand sae drap wi bluid,
   And why sae sad gang ye, O !
O I hae kill'd my hauk sae gude ;   5
   Mither, mither :
O I hae kill'd my hauk sae gude ;
   And I had nae mair but he, O !

Your haukis bluid was nevir sae reid,
   Edward, Edward.   10
Your haukis bluid was nevir sae reid,
   My deir son I tell thee O !
I hae kill'd my reid roan steid,
   Mither, mither :
O I kill'd my reid roan steid   15
   That erst was fair and frie, O !

Your steid was auld, and ye hae mair,
   Edward, Edward !
Your steid was auld, and ye hae mair,
   Sum ither dule ye drie, O !   20
O I hae kill'd my fadir deir,
   Mither, mither :

O I hae kill'd my fadir deir,
          Alas and wae is me, O !

What penance will ye drie for that,   25
          Edward, Edward ?
What penance will ye drie for that,
          My deir fon, now tell me, O !
I'll fet my feet in yonder boat,
          Mither, mither :   30
I'll fet my feet in yonder boat ;
          And I'll fare owr the fea, O !

What will ye do wi touirs and ha,
          Edward, Edward ?
What will ye do wi touris and ha,   35
          That were fae fair to fee, O !
I'll let them ftand till they down fa,
          Mither, mither :
I'll let them ftand till they doun fa,
          For heir I maunae be O !   40

What will ye leive to bairns and wife,
          Edward, Edward ?
What will ye leive to bairns and wife,
          When ye gang owr the fea, O !
The warld's room to beg throuch life,   45
          Mither, mither :
The warld's room to beg throuch life,
          For them I neir maun fee, O !

What will ye leive to your mither deir,
          Edward, Edward ?   50
          F 6

What will you leive to your mither deir,
  My deir fon, now tell me, O !
The curfe of hell frae me fall ye beir,
   Mither, mither :
The curfe of hell frae me fall ye beir,   55
  Sic counfels ye gied me, O !

LORD LIVINGSTON.

" GRAITH my fwifteft fteid," faid Livingfton,
 " But nane of ye gae wi me ;
" For I maun awa by myfel alane
 " To the foot of the grenewode tree."

Up fpak his dame wi meikle fpeid :   5
 " My lord I red ye bide ;
" I dreim'd a dreiry dreim laft nicht ;
 " Nae gude fall you betide."

" What fret is this, my lady deir,
 " That wald my will gainftand ?"   10
" I dreim'd that I gaed to my bouir dore,
 " And a deid man tuke my hand."

" Suith dreims are fcant," faid the proud baron,
 And leuch wi jearing glie ;
" But for this fweit kifs my winfum dame 15
 " Neift time dreim better o' me.

" For I hecht to meit with lord Rothmar,
   " To chafe the fallow deer ;
" And fpeid we weil, by the hour o nune,
   " We fall return bot feir."   20

Frae his fair lady's ficht he ftrave
   His ettling fae to hide ;
But frae the grenewode he came nae back,
   Sin eir that deidly tide.

For Rothmar met him there bot fail,   25
   And bluidy was the ftrife ;
Lang eir the nunetide mefs was rung,
   They baith war twin'd o' life.

" Forgie, forgie me, Livingfton !
   " That I lichtly fet by your dame ;   30
" For furely in a' the warld lives not
   " A lady mair free frae blame.

" Accurfed be my lawles luve
   " That wrocht us baith fic tein !
" As I forgie my friend anes deir,   35
   " Sae may I be forgien.

" Thouch ye my counfeil fold ha tane
   " The gate of gyle to efchew ;
" Yet may my faul receive fic grace
   " As I now gie to you."   40

The lady in her mournfu bouir
   Sat wi richt heavy cheir.

In iïka fough that the laigh wind gied,
   She weind her deir lord to heir.

Whan the fun gaed down, and mirk nicht came,
   O teirfu were hir eyne !   46
" I feir, I feir, it was na for nocht
   " My dreims were fae dowie yeftrene !"

Lang was the nicht ; but whan the morn cam,
   She faid to her menzie ilk ane ;   50
" Hafte, faddle your fteids, and feik the grene-
         wode,
   " For I feir my deir lord is flain."

Richt fune they fand their lord and Rothmar
   Deid in ilk ither's arm :
" I guefs, my deir lord, that luve of my name 55
   " 'Alane brocht thee to fic harm.

" Neir will I forget they feimly meid,
   " Nor yet thy gentle luve ;
" For fevin lang yeirs my weids of black
   " That I luv'd thee as weil fall pruve."   60

WILLIAM'S GHAIST.

There came a ghaift to Marg'ret's door,
   With many a grievous groan,

And ay he tirled at the pin,
  But answer made she none.

Is that my father Phillip ?   5
  Or is't my brother John ?
Or is't my true love Willie
  From Scotland new come home.

'Tis not thy father Phillip,
  Nor yet thy brother John ;   10
But 'tis thy true love Willie,
  From Scotland new come home.

O sweet Marg'ret ! O dear Marg'ret !
  I pray thee speak to me ;
Give me my faith and troth, Marg'ret !   15
  As I gave it to thee.

Thy faith and troth thou's never get,
  Nor yet will I thee lend,
Till that thou come within my bower,
  And kiss my cheek and chin.   20

If I should come within thy bower,
  I am no earthly man ;
And should I kiss thy rosy lips,
  Thy days would not be lang.

O sweet Marg'ret ! O dear Marg'ret !   25
  I pray thee speak to me ;
Give me my faith and troth, Marg'ret !
  As I gave it to thee.

Thy faith and troth thou's never get,
    Nor yet will I thee lend,   30
Till you take me to yon kirk-yard,
    And wed me with a ring.

My bones are buried in yon kirk-yard,
    Afar beyond the sea ;
And it is but my sp'rit, Marg'ret,   35
    That's now speaking to thee.

She stretched out her lily-white hand,
    And for to do her best ;
Hae, there's your faith and troth, Willie ;
    God send your saul good rest !   40

Now she has kilted her robes of green
    A piece below her knee,
And a' the live-lang winter-night
    The dead corpse follow'd she.

Is there any room at your head, Willie,   45
    Or any room at your feet,
Or any room at your side, Willie,
    Wherein that I may creep ?

There is no room at my head, Marg'ret,
    There's no room at my feet,   50
There's no room at my side, Marg'ret,
    My coffin's made so meet.

Then up and crew the red cock,
    And up then crew the gray,

'Tis time, 'tis time, my dear Marg'ret,   55
    That you were going away.

No more the ghaiſt to Marg'ret ſaid,
    But, with a grievous groan,
Evaniſh'd in a cloud of miſt,
    And left her all alone.   60

O ſtay, my only true love, ſtay,
    The conſtant Marg'ret cry'd ;
Wan grew her cheeks, ſhe clos'd her een,
    Stretch'd her ſoft limbs, and dy'd.

WILLIAM AND MAAGARET.

'Twas at the fearful midnight hour,
    When all were faſt aſleep,
In glided Marg'ret's grimly ghoſt,
    And ſtood at William's feet.

Her face was pale like April morn,   5
    Clad in a wintry cloud ;
And clay cold was her lily-hand
    That held her ſable ſhroud.

So ſhall the faireſt face appear,
    When youth and years are flown :   10

Such is the robe that kings muſt wear,
    When death has reft their crown.

Her bloom was like the ſpringing flower,
    That ſips the ſilver dew ;
The roſe was budded in her cheek,   15
    Juſt op'ning to the view :

But love had, like the canker-worm,
    Confum'd her early prime :
The roſe grew pale, and left her cheek ;
    She dy'd before her time.   20

Awake ! ſhe cry'd, thy true love calls,
    Come from her midnight grave ;
Now let thy pity hear the maid,
    Thy love refus'd to ſave.

This is the dumb and dreary hour,   25
    When injur'd ghoſts complain,
And aid the ſecret fears of night,
    To fright the faithleſs man.

Bethink thee, William, of thy fault,
    Thy pledg'd and broken oath,   30
And give me back my maiden-vow,
    And give me back my troth.

How could you ſay my face was fair,
    And yet that face forſake ?
How could you win my virgin-heart,   35
    Yet leave that heart to break ?

Why did you promife love to me,
    And not that promife keep ?
Why faid you that my eyes were bright,
    Yet left thefe eyes to weep ?   40

How could you fwear my lip was fweet
    And made the fcarlet pale ?
And why did I, young witlefs maid,
    Believe the flatt'ring tale ?

That face, alas ! no more is fair ;   45
    Thefe lips no longer red ;
Dark are my eyes, now clos'd in death,
    And every charm is fled.

The hungry worm my fifter is ;
    This winding-fheet I wear :   50
And cold and weary lafts our night,
    Till that laft morn appear.

But hark—the cock has warn'd me hence—
    A long and late adieu !
Come fee, falfe man ! how low fhe lyes,   55
    That dy'd for love of you.

The lark fung out, the morning fmil'd,
    And rais'd her gliftning head ;
Pale William quak'd in every limb,
    Then, raving, left his bed.   60

He hy'd him to the fatal place
  Where Marg'ret's body lay,
And ftretch'd him o'er the green grafs-turf
  That wrapp'd her breathlefs clay.

And thrice he call'd on Marg'ret's name.   65
  And thrice he wept full fore ,
Then laid his cheek on her cold grave,
  And word fpoke never more.

WALY, WALY.

O WALY waly up the bank,
  And waly waly down the brae,
And waly waly by yon burn-fide,
  Where I and my love were wont to gae,
I leant my back unto an aik,   5
  I thought it was a truftie trie ;
But firft it bow'd, and fyne it brake,
  And fae my true love did lyghtlie me.

O waly waly gin love be bonny,
  A little time while it is new ;   10
But when its auld, it waxeth cauld,
  And fades awa' like morning-dew.
O wherefore fhu'd I bufk my head ?
  O wherefore fhu'd I kame my hair ?

For my true love has me forfook,   15
   And fays he'll never loe me mair.

Now Arthur-feat fall be my bed,
   The fheits fall neir be fyl'd by me :
Saint Anton's wall fall be my drink,
   Since my true love has forfaken me.   20
Marti'mas wind, whan wilt thou blaw,
   And fhake the green leaves aff the trie ?
O gentle death, whan wilt thou cum ?
   For of my life I am wearie,

'Tis not the froft that freezes fell,   25
   Nor blawing fnaw's inclemencie ;
'Tis not fick cauld that makes me cry,
   But my love's heart grown cauld to me.
Whan we came in by Glafgow town,
   We were a comely fight to fee ;   30
My love was cled i' th' black velvet,
   And I myfell in cramafie.

But had I wift before I kifst,
   That love had been fae ill to win,
I had lockt my heart in a cafe of gowd,   35
   And pinn'd it wi' a filler pin.
Oh, oh! if my young babe were borne,
   And fet upon the nurfe's knee,
And I myfell were dead and gone,
   For a maid again I'll never be !

WILLIE'S DROWN'D IN YARROW.

WILLIE's rare, and Willie's fair,
  And Willie's wondrous bonny,
And Willie hecht to marry me,
  Gin e'er he married ony.

Yestreen I made my bed fu' braid,   5
  This night I'll make it narrow;
For a' the live lang winter-night
  I'll ly twin'd of my marrow.

O came you by yon water-side?
  Pu'd you the rose or lily?   10
Or came you by yon meadow-green?
  Or saw ye my sweet Willie?

She sought him east, she sought him west,
  She sought him braid and narrow;
Syne in the cleaving of a craig   15
  She found him drown'd in Yarrow.

BOTHWELL.

As BOTHWELL was walking in the lowlands aláne,
  Hey down, and a down,
He met fix ladies fae gallant and fine,
  Hey down, and a down *.
He caft his lot amang them a',   5
And on the youngeft his lot did fa'.
He's brought her frae her mother's bower,
Unto his ftrongeft caftle and tower.
But ay fhe cry'd and made great moan,
And ay the tear came trickling down.   10
Come up, come up, faid the foremoft man ;
I think our bride comes flowly on.
O Lady, fits your faddle awry ?
Or is your fteed for you owre high ?
My faddle is not fet awry,   15
Nor carries me my fteed owre high :
But I am weary of my life,
Since I maun be Lord Bothwell's wife.
He's blawn his horn fae fharp and fhrill,
Up ftart the deer on every hill.   20
He's blawn his horn fae lang and loud,
Up ftart the deer in gude green wood.
His Lady mother lookit owre the caftle wa',
And fhe faw them riding ane and a'.

* The Chorus repeated at the end of each line.

She's call'd upon her maids by feven, 25
To mak his bed baith faft and even :
She's call'd upon her cooks by nine,
To make their dinner fair and fine.
When day was gane, and night was come,
What ails my love on me to frown ? 30
Or does the wind blow in your glove ?
Or runs your mind on another love ;
Nor blows the wind within my glove,
Nor runs my mind on another love;
But I not maid nor maiden am, 35
For I'm wi' bairn to another man,
I thought I'd a maiden fae meek and fae mild,
But I've nought but a woman wi' child.
His mother's taen her up to a tower,
And lockit her in her fecret bower : 40
Now, doughter mine, come tell to me,
Wha's bairn this is that you are wi' ?
O mother dear, I canna learn
Wha is the father of my bairn :
But as I walk'd in the lowlands my lane, 45
I met a gentleman gallant and fine ;
He keepit me there fae late and fae lang,
Frae the ev'ning late till the morning dawn,
And a' that he geid me to my propine,
Was a pair of green gloves and a gay gold ring ;
Three lauchters of his yellow hair, 51
In cafe that we fhou'd meet nae mair.
His Lady Mother went down the ftair.
Now fon, now fon, come tell to me,
Where's the green gloves I gave to thee.

I gied to a lady fae fair and fo fine,
The green gloves and a gay gold ring ;
But I wad gie my caftles and towers,
I had that lady within my bowers:
But I wad gie my very life,   60
I had that lady to be my wife.
Now keep, now keep your caftles and towers,
You have that lady within your bowers ;
Now keep, now keep your very life,
You have that lady to be your wife.   65
O row my lady in fattin and filk,
And wafh my fon in the morning milk.

FAIR MARGARET AND SWEET WILLIAM.

As it fell out on a long fummer's day
    Two lovers they fat on a hill ;
They fat together a long fummer's day
    And could not talk their fill.

I fee no harm by you, Margaret,   1
    And you fee none by mee:
Before to-morrow at eight o'clock
    A rich wedding you fhall fee.

G

Fair Margaret fate in her bower-window,
    A combing of her hair;   10
She fpy'd Sweet William and his bride,
    As they were a riding near.

Down fhe lay'd her ivory combe,
    And up fhe bound her hair;
She went her way forth of the bower,   15
    But never more came there.

When day was gone, and night was come,
    And all men faft afleep,
There came the fpirit of fair Marg'ret.
    And ftood at William's feet.   20

God give you joy, you lovers true,
    In bride-bed faft afleep;
Lo! I am going to my green-grafs grave,
    And I'm in my winding-fheet.

When day was come, and night was gone,   25
    And all men wak'd from fleep,
Sweet William to his lady fay'd,
    My dear, I have caufe to weep.

I dreamt a dream, my dear lady,
    Such dreames are never good;   30
I dreamt my bower was full of red fwine,
    And my bride-bed full of blood.

Such dreams, fuch dreams, my honoured Sir,
    They never do prove good;

To dream thy bower was full of red fwine,   35
    And thy bride-bed full of blood.

He called up his merry men all,
    By one, by two, and by three :
Saying, I'll away to Fair Marg'ret's bower.
    By the leave of my lady.   40

And when he came to fair Marg'ret's bower,
    He knocked at the ring ;
So ready were her feven brethren
    To let fweet William in.

Then he turned up the covering-fheet,   45
    Pray let me fee thee dead;
Methinks fhe does look pale and wan,
    She has loft her cherry red.

I'll do more for thee, Margaret.
    Than any of thy kin ;   50
For I will kifs thy pale wan lips,
    Though a fmile I cannot win.

With that befpake the feven brethren,
    Making moft piteous mone :
You may go kifs your jolly brown bride,   55
    And let our fifter alone.

If I do kifs my jolly brown bride,
    I do but what is right ;

G 2

For I made no vow to your fifter dear,
  By day, nor yet by night.   60

Pray tell me then how much you'll deal
  Of your white bread and your wine ;
So much as is dealt at the funeral to-day,
  To morrow fhall be dealt at mine.   65

Fair Margaret dyed to-day, to-day,
  Sweet William dyed the morrow :
Fair Margaret dyed for pure true love,
  Sweet William dyed for forrow.

Margaret was buryed in the lower chancel, 70
  And William in the higher :
Out of her breaft there fprang a rofe,
  And out of his a briar.

They grew as high as the church-top, 75
  Till they could grow no higher ;
And there they grew in a true lover's knot,
  Made all the folke admire.

Then came the clerk of the parifh,
  As you this truth fhall hear,   80
And by misfortune cut them down,
  Or they had ftill been there.

FINE FLOWERS O' THE VALLEY.

THERE was three ladies in a ha',
　　Fine flowers i' the valley;
There came three lords amang them a',
　　The red, green, and the yellow.

The firft of them was clad in red,　　5
　　Fine flowers i' the valley;
O lady fair, will ye be my bride?
　　Wi' the red, green, and the yellow.

The fecond of them was clad in green,
　　Fine flowers i' the valley;
O lady fair, will ye be my queen?　　10
　　Wi' the red, green, and the yellow.

The third of them was clad in yellow,
　　Fine flowers i' the valley;
O lady fair, will ye be my marrow?
　　Wi' the red, green, and the yellow.　　15

You muft afk my father dear,
　　Fine flowers i' the valley;

Likewife the mother that did me bear,
    Wi' the red, green, and the yellow.

You muft afk my fifter Ann,   20
    Fine flowers i' the valley ;
And not forget my brother John,
    Wi' the red, green, and the yellow.

I have afk't thy father dear,
    Fine flowers i' the valley ;   25
Likewife the mother that did thee bear,
    Wi' the red, green, and the yellow,

I have afk't thy fifter Ann,
    Fine flowers i' the valley;
But I forgot thy brother John,   30
    Wi' the red, green, and the yellow.

Her father led her through the ha',
    Fine flowers i' the valley ;
Her mother danc'd before them a',
    Wi' the red, green, and the yellow.   35

Her fifter Ann led her through the clofe,
    Fine flowers i' the valley ;
Her brother John put her on her horfe,
    Wi' the red, green, and the yellow.

You are high and I am low,   40
    Fine flowers i' the valley ;
Let me have a kifs before you go,
    Wi' the red, green, and the yellow.

She was louting down to kifs him fweet,
    Fine flowers i' the valley ;   45
Wi' his penknife he wounded her deep,
    Wi' the red, green, and the yellow.

O lead me over into yon ftile,
    Fine flowers i' the valley ;
That I may ftop and breathe a while,   50
    Wi' the red, green, and the yellow.

O lead me over into yon ftair,
    Fine flowers i' the valley ;
For there I'll ly and bleed nae mair,
    Wi' the red, green, and the yellow.   55

O what will you leave your father dear ?
    Fine flowers i' the valley ;
That milk-white fteed that brought me here,
    Wi' the red, green, and the yellow.

O what will you leave your mother dear ?   60
    Fine flowers i' the valley ;
The filken gown that I did wear,
    Wi' the red, green, and the yellow.

What will you leave your fifter Ann ?
    Fine flowers i' the valley ;   65
My filken fnood and golden fan,
    Wi' the red, green, and the yellow.

What will you leave your brother John ?
   Fine flowers i' the valley ;
The higheſt gallows to hing him on :   70
   Wi' the red, green, and the yellow.

What will you leave your brother John's wife ?
   Fine flowers i' the valley ;
Grief and ſorrow to end her life,
   Wi' the red, green, and the yellow.   75

What will you leave your brother John's bairns ?
   Fine flowers i' the valley;
The world wide for them to range,
   Wi' the red, green, and the yellow.

She louted down to gie a kiſs,   80
   With a hey and a lily gay ;
He ſtuck his penknife in her haſs,
   And the roſe it ſwells ſo ſweetly.

Ride up, ride up, cry'd the foremoſt man,
   With a hey and a lily gay ;   85
I think our bride locks pale and wan,
   And the roſe it ſmells ſo ſweetly.

MAY COLVIN.

FALSE Sir John a wooing came,
  To a maid of beauty fair ;
May Colvin was this lady's name,
  Her father's only heir.

He woo'd her butt, he woo'd her ben,
  He woo'd her in the ha',
Until he got this lady's confent,
  To mount and ride awa.

He went down to her father's bower,
  Where all the fteids did ftand,
And he's taken one of the beft fteeds
  That was in her father's hand.

He's got on, and fhe's got on,
  And faft as they could flee,
Until they came to a lonefome part,
  A rock by the fide of the fea.

Loup off the fteid, fays falfe Sir John,
  Your bridal bed you fee,
For I have drowned feven young ladies
  The eight ane you fhall be.

Caſt off, caſt off, my May Colvin,
  All, and your ſilken gown,
For it's o'er good, and o'er coſtly,
  To rot in the ſalt ſea foam.

Caſt off, caſt off, my May Colvin,   25
  All, and your embroidered ſhune,
For they are o'er good and o'er coſtly,
  To rot in the ſalt ſea foam.

O turn you about, O falſe Sir John,
  And look to the leaf of the tree,   30
For it never became a gentleman,
  A naked woman to ſee.

He turn'd himſelf ſtraight round about,
  To look to the leaf of the tree,
So ſwift as May Colvin was   35
  To throw him in the ſea.

O help, O help, my May Colvin,
  O help, or elſe I'll drown :
I'll take you hame to your father's bower,
  And ſet you down ſafe and ſound.   40

No help, no help, you falſe Sir John,
  No help, nor pity thee ;
Though ſeven kings danghters you have drown'd,
  But the eighth ſhall not be me.

So ſhe went on her father's ſteed,   45
  As ſwift as ſhe could flee,

And fhe cam hame to her father's bower,
   Before it was break of day.

Up then fpak the pretty parrot ;
   May Colvin where have you been ?   50
What has become of falfe Sir John,
   That woo'd you fo late the ftreen ?

He woo'd you butt, he woo'd you ben,
   He woo'd you in the ha',
Until he got your own confent   55
   For to mount and gang awa'.

O hold your tongue, my pretty parrot,
   Lay not the blame upon me ;
Your cup fhall be of the flowered gold,
   Your cage of the root of the tree.   60

Up then fpake the king himfelf,
   In the bed chamber where he lay,
What ails the pretty parrot
   That prattles fo long e'er day ?

There came a cat to my cage door,   65
   It almoft worried me,
And I was calling on May Colvin
   To take the cat from me.

G 6

THE WEE WEE MAN.

As I was walking all alone,
    Between a water and a wa',
And there I fpy'd a wee wee man,
    And he was the leaft that e'er I faw.

His legs were fcarce a fhathmont's length,   5
    And thick and thimber was his thigh,
Between his brows there was a fpan,
    And between his fhoulders there was three.

He took up a meikle ftane,
    And he flang't as far as I could fee,   10
Though I had been a Wallace wight,
    I coudna liften't to my knee.

O wee wee man, but thou be ftrong,
    O tell me where thy dwelling be ?
My dwelling's down at yon bonny bower,   15
    O will you go with me and fee ?

On we lap, and awa we rade,
    Till we came to yon bonny green ;
We 'lighted down for to bait our horfe,
    And out there came a lady fine.   20

Four-and-twenty at her back,
  And they were a' clad out in green,
Though the King of Scotland had been there,
  The warſt o' them might ha' been his queen.

On we lap, and awa we rade,   25
  Till we came to yon bonny ha',
Where the roof was o' the beaten gould,
  And the floor was o' the cryſtal a'.

When we came to the ſtair foot,
  Ladies were dancing jimp and ſma';   30
But in the twinkling of an eye,
  My wee wee man was clean awa'.

SIR HUGH.

A' THE boys of merry Linkim,
  War playing at the ba',
An up it ſtands him ſweet Sir Hugh,
  The flower among them a'.

He keppit the ba' than wi' his foot,   5
  And catcht it wi his knee,
And even in at the Jew's window,
  He gart the bonny ba' flee.

Caſt out the ba' to me, fair maid,
  Caſt out the ba' to me.
Ah never a bit of it, ſhe ſays,
  Till ye come up to me.   10

Come up, ſweet Hugh, come up, dear Hugh,
  Come up and get the ba'.
I winna come, I mayna come,   15
  Without my bonny boys a'.

Come up, ſweet Hugh, come up, dear Hugh,
  Come up, and ſpeak to me ;
I mayna come, I winna come,
  Without my bonny boys three.   20

She's taen her to the Jew's garden,
  Whar the graſs grew lang and green,
She's pu'd an apple red and white,
  To wyle the bonny boy in.

She's wyl'd him in through ae chamber,   25
  She's wyl'd him in through twa,
She's wyl'd him till hir ain chamber,
  The flower out owr them a'.

She's laid him on a dreſſin board,
  Whar ſhe did often dine,   30
She ſtack a penknife to his heart,
  And dreſs'd him like a ſwine.

She row'd him in a cake of lead,
  Bade him ly ſtill and ſleep,

She threw him i' the Jew's draw-well, 35
  It was fifty fathom deep.

Whan bells were rung, and mafs was fung,
  And a' man bound to bed,
Every lady got hame her fon,
  But fweet fir Hugh was dead. 40

BONNY MAY.

It was on an ev'ning fae faft and fae clear,
  A bonny lafs was milking the kye,
And by came a troup of gentlemen,
  And rode the bonny laffie by.

Then one of them faid unto her, 5
  Bonny lafs, pry'thee fhew me the way.
O if I do fae it may breed me wae,
  For langer I dare nae ftay.

But dark and mifty was the night
  Before the bonny laffie came hame ; 10
Now where hae you been, my ae doughter ?
  I am fure you was nae your lane.

O father, a tod has come o'er your lamb ;
  A gentleman of high degree,

And ay whan he fpake, he lifted his hat,   15
    And bonny bonny blinkit his ee.

Or e'er fix months were paft and gane,
    Six months but and other three,
The laffie begud for to fret and to frown,
    And think lang for his blinkin ee.   20

O wae be to my father's fhepherd,
    An ill death may he die ;
He bigged the bughts fae far frae hame,
    And tryfted a gentleman to me.

It fell upon another fair evening,   25
    The bonny laffie was milking her ky,
And by came the troop of gentlemen,
    And rode the bonny laffie by.

Then one of them ftopt, and faid to her,
    Wha's aught that baby ye are wi' ?   30
The laffie began for to blufh, and think
    To a father as good as ye.

O had your tongue, my bonny May,
    Sae loud I hear you lie ;
O dinnae you mind the mifty night   35
    I was in the bught wi thee.

Now he's come aff his milk-white fteed,
    And he has taen her hame :

Now let your father bring hame the ky,
    You ne'er mair fhall ca' them agen.   40

I am a lord of caftles and towers,
    Wi fifty ploughs of land and three,
And I have gotten the bonnieft lafs
    That is in this countrie.   44

MACPHERSON'S RANT.

I've fpent my time in rioting,
    Debauch'd my health and ftrength ;
I've pillag'd, plunder'd, murdered
    But now, alas ! at length,
I'm brought to punifhment direct,   5
    Pale death draws near to me ;
This end I never did project,
    To hang upon a tree.

To hang upon a tree ! a tree !
    That curs'd unhappy death !   10
Like to a wolf to worried be,
    And choaked in the breath.
My very heart would furely break,
    When this I think upon,
Did not my courage fingular,   15
    Bid penfive thoughts begone.

No man on earth that draweth breath,
  More courage had than I ;
I dar'd my foes unto their face,
  And would not from them fly ;   20
This grandeur ſtout, I did keep out,
  Like Hector manfullie :
Then wonder one like me, ſo ſtout,
  Should hang upon a tree.

Th' Egyptian band I did command,   25
  With courage more by far,
Than ever did a general
  His ſoldiers in the war.
Being fear'd by all, both great and ſmall,
  I liv'd moſt joyfullie :   30
O ! curſe upon this fate of mine,
  To hang upon a tree.

As for my life, I do not care,
  If juſtice would take place,
And bring my fellow plunderers   35
  Unto this ſame diſgrace.
For Peter Brown, that notour loon,
  Eſcap'd and was made free ;
O ! curſe upon this fate of mine,
  To hang upon a tree.   40

Both law and juſtice buried are,
  And fraud and guile ſucceed ;
The guilty paſs unpuniſhed,
  If money intercede.

The Laird of Grant, that Highland faint,   45
   His mighty majeftie,
He pleads the caufe of Peter Brown,
   And lets Macpherfon die.

The deft'ny of my life contriv'd
   By thofe whom I oblig'd,   50
Rewarded me much ill for good,
   And left me no refuge.
For Braco Duff, in rage enough,
   He firft laid hands on me;
And if that death would not prevent,   55
   Avenged would I be.

As for my life, it is but fhort,
   When I fhall be no more;
To part with life I am content,
   As any heretofore.   60
Therefore, good people all, take heed,
   This warning take by me,
According to the lives you lead,
   Rewarded you fhall be.

GILLICRANKIE.

CLAVERS, and his Highlandmen,
   Came down upo' the raw, man,

Who being ſtout, gave mony a clout ;
  The lads began to claw then.
With ſword and terge into their hand,   5
  Wi which they were nae ſlaw, man,
Wi mony a fearful heavy ſigh,
  The lads began to claw then.

O'er buſh, o'er bank, o'er ditch, o'er ſtank,
  She flang amang them a', man ;   10
The Butter-box got mony knocks,
  Their riggings paid for a' then.
They got their paiks, wi ſudden ſtraiks,
  Which to their grief they ſaw, man :
Wi clinkum clankum o'er their crowns,   15
  The lads began to fa' then.

Hur ſkipt about, hur leapt about,
  And flang amang them a', man ;
The Engliſh blades got broken heads,
  Their crowns were cleav'd in twa then.   20
The durk and door made their laſt hour,
  And prov'd their final fa', man ;
They thought the devil had been there,
  That play'd them ſic a paw then.

The ſolemn league and covenant   25
  Came whigging up the hills, man ;
Thought Highland trews durſt not refuſe
  For to ſubſcribe their bills then.
In Willie's name, they thought nae ane
  Durſt ſtop their courſe at a', man,   30

But hur nane fell, wi mony a knock,
    Cry'd, Furich-Whigs awa' man.

Sir Evan Du, and his men true,
    Came linking up the brink, man ;
The Hogan Dutch they feared fuch,   35
    They bred a horrid ftink then.
The true Maclean, and his fierce men,
    Came in amang them a' man ;
Nane durft withftand his heavy hand,
    All fled and ran awa' then.   40

Oh' on a ri, Oh' on a ri,
    Why fhould fhe lofe King Shames, man ?
Oh' rig in di, Oh' rig in di,
    She fhall break a' her banes then ;
With *furichinifh,* an' ftay a while,   45
    And fpeak a word or twa, man,
She's gi' a ftraike, out o'er the neck,
    Before ye win awa' then.

O fy for fhame, ye're three for ane,
    Hur nane-fell's won the day, man.   50
King Shames' red-coats fhould be hung up,
    Becaufe they ran awa' then ;
Had bent their brows, like Highland trows,
    And made as lang a ftay, man,
They'd fav'd their king, that facred thing,   55
    And Willie'd ran awa' then.

TRANENT MUIR.

THE Chevalier, being void of fear,
  Did march up Brisle brae, man,
And thro' Tranent, e'er he did stent,
  As fast as he could gae, man :
While General Cope did taunt and mock,   5
  Wi mony a loud huzza, man :
But e'er next morn proclaim'd the cock,
  We heard another craw, man.

The brave Lochiel, as I heard tell,
  Led Camerons on in clouds, man :   10
The morning fair, and clear the air,
  They loos'd with devilish thuds, man ;
Down guns they threw, and swords they drew ;
  And soon did chace them aff, man ;
On Scaton Crafts they buft their chafts,   15
  And gart them rin like daft, man.

The buff dragoons swore blood and 'oons,
  They'd make the rebels run, man ;
And yet they flee when them they fee,
  And winna fire a gun, man.   20
They turn'd their back, the foot they brake,
  Such terror feiz'd them a', man ;

Some wet their cheeks, some fyl'd their breeks,
    And some for fear did fa', man.

The volunteers prick'd up their ears, 25
    And vow gin they were crouse, man ;
But when the bairns saw't turn to earn'it,
    They were not worth a louse, man;
Maist feck gade hame ; O fy for shame !
    They'd better staid awa', man, 30
Than wi' cockade to make parade,
    And do nae good at a', man.

M——h the great, when hersell shit,
    Un'wares did ding him o'er, man,
Yet wad nae stand to bear a hand, 35
    But aff fou fast did scour, man ;
O'er Soutra hill, e'er he stood still,
    Before he tasted meat, man :
Troth he may brag of his swift nag,
    That bare him aff sae fleet, man. 40

And S——n keen to clear the een
    O rebels far in wrang, man ;
Did never strive wi' pistols five,
    But gallop'd with the thrang, man;
He turn'd his back, and in a crack, 45
    Was cleanly out of sight, man ;
And thought it best ; it was nae jest
    Wi' Highlanders to fight, man.

Mangst a' the gang nane bade the bang
    But twa, and ane was tane, man ; 50

For Campbell rade, but Myrie ftaid,
   And fair he paid the kain, man ;
Fell fkelps he got, was war than fhot,
   Frae the fharp-edg'd claymore, man ;
Frae many a fpout came running out   55
   His reeking-het red gore, man.

But Gard'ner brave did ftill behave
   Like to a hero bright, man ;
His courage true, like him were few
   That ftill defpifed flight, man ;   60
For King and laws, and country's caufe,
   In Honour's bed he lay, man ;
His life, but not his courage, fled,
   While he had breath to draw, man.

And Major Bowle that worthy foul,   65
   Was brought down to the ground, man ;
His horfe being fhot, it was his lot
   For to get mony a wound, man ;
Lieutenant S————h, of Irifh birth,
   Frae from he call'd for aid, man,   70
Being full of dread, lap o'er his head,
   And wadna be gainfaid, man,

He made fick hafte, fae fpur'd his beaft,   75
   'Twas little there he faw, man ;
To Berwick rade, and fafely faid,
   The Scots were rebels a', man ;
But let that end, for well 'tis kend
   His ufe and wont to lie, man ;   80

The Teague is naught, he never faught,
  When he had room to flee, man.

And Caddell dreft, amang the reft,
  With gun and good claymore, man;
On gelding grey he rode that way,   85
  With piftols fet before, man;
The caufe was good, he'd fpend his blood,
  Before that he would yield, man;
But the night before he left the cor,
  And never fac'd the field, man.   90

But gallant Roger, like a foger,
  Stood and bravely fought, man;
I'm wae to tell, at laft he fell,
  But mae down wi' him brought, man.
At point of death, wi' his laft breath,   95
  (Some ftanding round in ring, man),
On's back lying flat, he wav'd his hat.
  And cry'd, God fave the King, man.

Some Highland rogues, like hungry dogs,
  Neglecting to purfue, man,   100
About they fac'd, and in great hafte
  Upon the booty flew, man;
And they as gain, for all their pain,
  Are deck'd wi' fpoils of war, man;
Fow bald can tell how her nainfell   105
  Was ne'er fae pra before, man.

H

At the thorn tree, which you may fee
  Beweft the meadow-mill, man,
There mony flain lay on the plain ;
  The clans purfuing ftill, man;   110
Sick unco hacks, and deadly whacks,
  I never faw the like, man,
Loft hands and heads coft them their deads,
  That fell near Prefton-dyke, man.

That afternoon, when a' was done,   115
  I gaed to fee the fray man,
But had I wift what after paft,
  I'd better ftaid away, man ;
On Seaton's fands, wi' nimble hands,
  They pic'd my pockets bare, man :   120
But I wifh ne'er to drie fick fear,
  For a' the fum and mair, man.

SHERIFF-MUIR.

There's fome fay that we wan,
  Some fay that they wan,
Some fay that nane wan at a' man ;
  But one thing I'm fure,
  That at Sheriff-muir,   5
A battle there was, which I faw, man ;
   And we ran, and they ran, and they ran, and
    we ran, and we ran, and they ran awa man.

Brave Argyle and Belhaven,
Not like frighted L——n,   10
Which Rothes and Haddington faw man ;
For they all with Wightman
Advanced on the right, man,
While others took flight, being raw, man,
And we ran, and they ran, &c.   15

Lord Roxburgh was there,
In order to fhare
With Douglas, who flood not in awe, man,
Volunteerly to ramble
With Lord Loudon Campbell,   20
Brave Ilay did fuffer for a', man,
And they ran, and we ran, &c.

Sir John Schaw, that great knight,
With broad fword moft bright,
On horfeback he ftrangely did charge, man,   25
An hero that's bold,
None could him with-hold,
He ftoutly encounter'd the targemen,
And we ran, and they ran, &c.

For the cowardly W——m,   30
For fear they fhould cut him,
Seeing glittering broad-fwords with a paw, man,
And that in fuch thrang
Made Baird edicang,
And from the brave clans ran awa', man.   35
And we ran, and they ran, &c.

H 2

Brave Mar and Panmure
Were firm I am fure,
The latter was kidnapt awa, man.
   With brifk men about,   40
   Brave Harry retook
His brother, and laught at them a', man.
    And we ran, and they ran, &c.

Grave Marfhal and Lithgow,
And Glengary's pith too,   45
Affifted by brave Loggia-man,
   And Gordon's the bright,
   So boldly did fight,
The red-coats took flight and awa, man.
    And we ran, and they ran, &c.   50

Strathmore and Clanronald
Cry'd ftill, advance Donald,
Till both thefe heroes did fa', man;
   For there was fuch hafhing,
   And broad fwords a clafhing,   55
Brave Forfar himfelf got a cla' man.
    And we ran, and they ran, &c.

Lord Perth ftood the ftorm,
Seaforth but lukewarm,
Kilfyth and Strathallan not fla', man;   60
   And Hamilton pled,
   The men were not bred,
For he had no fancy to fa', man,
    And we ran, and they ran, &c.

Brave generous Southeſk,　　　　65
Tilebairn was briſk,
Whoſe father indeed would not draw, man,
Into the ſame yoke,
Which ſerv'd for a cloak,
To keep the eſtate 'twixt them twa, man.　　　70
And we ran, and they ran, &c.

Lord Rollo not fear'd,
Kintore and his beard,
Pitſligo and Ogilvie a', man,
And brothers Balfours,　　　　75
They ſtood the firſt ſhow'rs,
Clackmannan and Burleigh did cla', man.
And we ran, and they ran, &c.

But Cleppan acted pretty;
And Strowan the witty,　　　　80
A poet that pleaſes us a', man ;
For mine is but rhime,
In reſpect of what's fine,
Or what he is able to draw, man,
Though we ran, and they ran, &c.　　　85

For Huntly and Sinclair,
They both play'd the tinclair,
With conſciences black like a craw man.
Some Angus and Fifemen
They ran for their life, man,　　　　90
And ne'er a Lot's wife there at a', man.
And we ran, and they ran, &c.

Then L——e the traytor,
Who betray'd his mafter,
His king, and his country, and a', man,   95
    Pretending Mar might
    Give order to fight,
To the right of the army awa, man.
    And we ran, and they ran, &c.

    Then L——e for fear,   100
    Of what he might hear,
Took Drummond's beft horfe and awa, man,
    Inftead of going to Perth,
    He croffed the Firth,
Alongft Stirling-bridge and awa, man.   105
    And we ran, and they ran, &c.

    To London he prefs'd,
    And there he addrefs'd,
That he behav'd beft of them a', man;
    And there without ftrife   110
    Got fettled for life,
An hundred a-year to his fa' man.
    And we ran, and they ran, &c.

    In Borrowftounnefs
    He refides with difgrace,   115
'Till his neck ftands in need of a draw, man,
    And then in a tether
    He'll fwing from a ladder,
Go off the ftage with a pa', man.
    And we ran, and they ran, &c.

Rob Roy ſtood watch
On a hill for to catch
The booty for ought that I ſaw, man,
For he ne'er advanc'd,
From the place he was ſtanc'd,   125
'Till no more to do there at a' man,
For we ran, and they ran, &c.

So we all took the flight,
And M——y the wright ;
But D——m the ſmith was a bra-man,   130
For he took the gout
Which truly was wit,
By judging it time to withdra', man.
And we ran, and they ran, &c.

And trumpet M——e,   135
Whoſe breeks were not clean,
Thro' misfortune he happen'd to fa', man,
By ſaving his neck,
His trumpet did break,
Came off without muſick at a', man.
And we ran, and they ran, &c.

So there ſuch a race was,
As ne'er in that place was,
And as little chaſe was at a', man ;
From other they ran,   145
Without tuck of drum ;
They did not make uſe of a pa', man.
And we ran, and they ran, and they ran, and
we ran, and we ran, and they ran awa man.

GENERAL LESLIE'S MARCH.

March, march, march,
  Why the d----- don't ye march?
Stand to your arms, my lads,
Fight in good order,
Front about, ye mufketeers all   5
Till ye come to the Englifh border,
    Stand till't and fight like men,
    True gofpel to maintain,
The parliament's blyth to fee us a' coming;
    When to the kirk we come,   10
    We'll purge it ilka room,
Frae Popifh relicks, and a' fuch innovation,
    That a' the warld may fee,
    There's nane i' the right but we,
Of the auld Scottifh nation.   15
    Jenny fhall wear the hood,
    Jocky the fark of God;
    And the kift fou of whiftles,
    That make fic a cleiro,
Our pipers bra, fhall hae them a', whate'er comes
    on it;   20
Bufk up your plaids, my lads, cock up your bon-
    nets.
    March, march, &c.

HIGHLAND MARCH.

In the garb of old Gaul, wi the fire of old Rome,
From the heath-cover'd mountains of Scotia we
    come,
Where the Romans endeavour'd our country to
    gain,
But our anceſtors fought, and they fought not in
    vain.

Such our love of liberty, our country, and our laws,
That like our anceſtors of old, we ſtand by Free-
    dom's cauſe ;   6
We'll bravely fight like heroes bold, for honour
    and applauſe,
And defy the French, with all their art, to alter
    our laws.

No effeminate cuſtoms our ſinews unbrace,
No luxurious tables enervate our race,   10
Our loud-ſounding pipe bears the true martial
    ſtrain,
So do we the old Scottiſh valour retain.
    Such our love, &c.

We're tall as the oak on the mount of the vale,
As ſwift as the roe which the hound doth aſſail,

 SCOTS SONGS.

As the full moon in autumn our shields do ap-
      pear,   16
Minerva would dread to encounter our spear
    Such our love, &c.

As a storm in the ocean when Boreas blows,
So are we enraged when we rush on our foes ; 20
We sons of the mountains, tremendous as rocks,
Dash the force of our foes with our thundering
      strokes.
    Such our love, &c.

Quebec and Cape Breton, the pride of old France,
In their troops fondly boasted till we did advance;
But when our claymores they saw us produce, 26
Their courage did fail, and they sued for a truce,
    Such our love, &c.

In our realm may the fury of faction long cease,
May our councils be wise, and our commerce in-
      crease ;   30
And in Scotia's cold climate may each of us find,
That our friends still prove true, and our beauties
      prove kind.
    Then we'll defend our liberty, our country, and
      our laws,
    And teach our late posterity to fight in freedom's
      cause,
    That they like our ancestors bold, &c.   35

LITTLE WAT YE, &c.

*L*ITTLE *wat ye wha's coming,*
Little wat ye wha's coming,
Little wat ye wha's coming,
Jock and Tam and a's coming.

Duncan's coming, Donald's coming,
Colin's coming, Ronald's coming,
Dougal's coming, Lauchlan's coming,
Alaiter and a's coming.
 Little wat ye wha's coming,
 Jock and Tam and a's coming.

Borland and his men's coming,
The Camerons and M'Lean's coming,
The Gordons and M'Gregors coming,
A' the Dunywaftles' coming,
 Little wat ye, &c.
 M'Gilvrey of Drumglafs is coming.

Wigton's coming, Nithfdale's coming,
Carnwath's coming, Kenmure's coming,
Derwentwater and Fofter's coming,
Withrington and Nairn's coming.
 Little wat ye, &c.
 Blyth Cowhill and a's coming.

H 6

The Laird of M'Intosh is coming,
M'Crabie and M'Donald's coming,
The M'Kenzie's and M'Pherson's coming,　　25
A' the wild M'Craws' coming.
　　Little wat ye, &c.
　　Donald Gun and a's coming.

They gloom, they glowr, they look sae big,
At ilka stroke they'll fell a whig;　　30
They'll fright the fuds of the Pockpuds,
For mony a buttock bare's coming.
　Little wat ye, &c.

THE ARCHERS MARCH.

Sound, sound the music, sound it,
Let hills and dales rebound it,
Let hills and dales rebound it,
　　In praise of archery;
Its origin divine is,　　5
The practice brave and fine is,
Which generously inclines us
　　To guard our liberty,

Art by the gods employed,
By which heroes enjoyed,　　10
By which heroes enjoyed
　　The wreath of victory.

The deity of Parnaſſus,
The god of ſoft careſſes,
Chaſte Cynthia and her laſſes   15
     Delight in archery.

See, ſee yon bow extended,
'Tis Jove himſelf that bends it,
'Tis Jove himſelf that bends it;
     O'er clouds on high it glows.   20
All nations, Turks and Parthians,
The Tartars and the Scythians,
The Arabs, Moors, and Indians,
     With brav'ry draw their bows.

Our own true records tells us,   25
That none could e'er excel us,
That none cou'd e'er excel us
     In martial archery;
With ſhafts our fires engaging,
Oppos'd the Romans raging,   30
Defeat the fierce Norvegian,
     And ſpar'd few Danes to flee.

Witneſs Largs and Loncartie,
Dunkel and Aberlemny,
Dunkel and Aberlemny,   35
     Roſlin and Bannockburn.
The Cheviots——all the border
Were bowmen in brave order,
Told enemies, if further
     They mov'd, they'd ne'er return.   40

Sound found the mufic, found it,
Let hills and dales rebound it,
Let hills and dales rebound it,
    In praife of archery:
Us'd as a game it pleafes,   45
The mind to joy it raifes,
And throws off all difeafes
    Of lazy luxury.

Now no more care beguiling,
When all the year looks fmiling,   50
When all the year looks fmiling
    With healthful harmony:
The fun in glory glowing,
With morning dew beftowing
Sweet fragrance, life, and growing,   55
    To flowers and ev'ry tree.

'Tis now the archers royal,
An hearty band and loyal,
An hearty band and loyal,
    That in juft thoughts agree,   60
Appear in ancient bravery,
Defpifing all bafe knavery,
Which tends to bring in flavery
    Souls worthy to live free.

Sound, found the mufic, found it,   65
Fill up the glafs and round wi't,
Fill up the glafs and round wi't

Health and profperity
　　To our great chief and officers,
T' our Prefident and Counfellors;
To all who, like their brave forbears,
　　Delight in archery.　　　　　71

FRAGMENTS.

———

Earl Douglas then wham nevir knicht
　　Had valour mair nae courtefie,
Is now fair blam'd by a the land
　　For lichtlying o' his gay ladie.

*　　*　　*　　*　　*　　*

" Gae little page, and tell my lord,　　5
　" Gin he will cum and dyhe wi' me,
" I'll fet him on a feat o' gowd,
　" And ferve him on my bended knie.

*　　*　　*　　*　　*　　*

" Now wae betide ye black Faftne's,
　" Bot and an ill deed may ye die!　　10
" Ye was the firft and fo.emoft man
　" Wha pairted my true lord and me."

*   *   *   *   *   *

She has called to her her bour maidens,
    She has called them ane by ane ;
" Ther lyes a deid man in my bour,
    " I wifh that he war gane."

They hae booted him and fpurred him,   5
    As he was wont to ryde.
A hunting horn ty'd round his waift,
    A fharp fword by his fyde.

Then up and fpak a bonnie bird,
    That fat upo' the trie ;   10
" What hae ye done wi' Earl Richard,
    " Ye was his gay ladie ?"

" Cum doun, cum doun, my bonnie bird,
    " And licht upo' my hand ;
" And ye fhall hae a cage o' gowd,   15
    " Whare ye hae but the wand."

" Awa, awa, ye ill woman !
    " Nae cage o' gowd for me ;
" As ye hae done to Earl Richard,
    " Sae wad ye doe to me."   20

*   *   *   *   *   *

See ye the caftle's lonlie wa,
   That rifes in yon yle ?
There Angus mourns that e'er he did
   His fovereign's luve begyle.

*   *   *   *   *   *

" O will ye gae wi' me fair maid ?   5
   " O will ye gae wi' me ?
" I'll fet you on a bouir o' gowd
   " Nae haly cell ye'fe drie."

" O meikle lever wald I gang
   " To bide for ay wi' thee,   10
" Then heid the king my father's will,
   " The haly cell to drie.

" Sin I maun nevir fee nor fpeke
   " Wi' him I luve fae deir,
" Ye are the firft man in the land   15
   " I wald cheis for my fere."

*   *   *   *   *   *

Whar yon cleir burn frae down the loch,
   Rins faftlie to the fea,

There latelie bath'd in hete o' nune
  A squire of valour hie.

He kend nae that the fause mermaid   5
  There us'd to beik and play,
Or he had neir 'gane to the bathe,
  I trow, that dreirie day.

Nae suner had he deft his claiths,
  Nae suner gan to swim,   10
Than up she rais'd her bonnie face
  Aboon the glittering streim.

" O comelie youth, gin ye will cum
  " And be my leman deir,
" Ye sall ha pleasance o' ilk sort,   15
  " Bot any end or feir.

" I'll tak ye to my emraud ha
  " Wi' perles lichted round;
" Whar ye sall live wi' luve and me,
  " And ne'er by bale be found.   20

*   *   *   *   *   *

DUNCAN.

Saw ye the thane o' meikle pride,
    Red anger in his ee ?
I faw him not, nor care, he cry'd,
    Red anger frights na me.

For I have ftude whar honour bad,   5
    Though death trod on his heel ;
Mean is the creft that ftoops to fear,
    Nae fic may Duncan feel.

Hark ! hark ! or was it but the wind,
    That through the ha' did fing ;   10
Hark ! hark ! agen ; a warlike found,
    The black woods round do ring.

'Tis na for naught, bauld Duncan cry'd,
    Sic fhoutings on the wind.
Syne up he ftarted frae his feat,   15
    A thrang of fpears behind.

Hafte, hafte, my valiant hearts, he faid,
    Anes mair to follow me ;

We'll meet yon ſhouters by the burn,
  I gueſs wha they may be.   20

But wha is he that ſpeids ſae faſt,
  Frae the ſlaw marching thrang ;
Sae frae the mirk cloud ſhoots a beam,
  The ſky's blue face alang.

Some meſſenger it is, mayhap,   25
  Then not at peace I trow.
My maſter, Duncan bade me rin,
  And ſay theſe words to you :

Reſtore again that blooming roſe,
  Your rude hand pluckt awa';   30
Reſtore again his Mary fair,
  Or you ſhall rue his fa'.

Three ſtrides the gallant Duncan tuik,
  He ſtruck his forward ſpear :
Gae tell thy maſter, beardleſs youth,   35
  We are nae wont to fear.

He comes na on a waſſail rout,
  Of revel, ſport, and play ;
Our ſwords gart Fame proclaim us men,
  Lang e'er this ruefu' day.   40

The roſe I pluckt o' right is mine,
  Our hearts together grew,
Like twa ſweet roſes on ae ſtak,
  Frae hate to love ſhe flew.

Swift as a winged ſhaft he ſped ; 45
   Bald Duncan ſaid in jeer,
Gae tell thy maſter, beardleſs youth,
   We are nae wont to fear.

He comes na on a waſſail rout,
   Of revels, ſport, and play ; 50
Our ſwords gart Fame proclaim us men,
   Lang e'er this ruefu' day.

The roſe I pluckt o' right is mine,
   Our hearts together grew ;
Like twa ſweet roſes on ae ſtak, 55
   Frae hate to love they flew.

He ſtampt his foot upo' the ground,
   And thus in wrath did ſay.
God ſtrike my ſaul, if frae this ſield,
   We baith in life ſhall gae ! 60

He wav'd his hand : the pipers play'd,
   The targets clattered round ;
And now between the meeting faes
   Was little ſpace of ground.

But wha is ſhe that rins ſae faſt ?
   Her feet nae ſtap they find ; 65
Sae ſwiftly rides the milky cloud,
   Upo' the ſimmer's wind.

Her face a mantle ſcreen'd afore,
   She ſhow'd of lily hue ; 70

Sae frae the grey mift breaks the fun,
    To drink the morning dew.

Alack ! my friends, what fight is this ?
    O, ftap your rage ! fhe cry'd;
Whar love with honey'd lips fhould be,   75
    Mak not a breach fo wide.

Can then my uncle draw his fword,
    My hufband's breaft to bleed ?
Or can my fweet Lord do to him
    Sic foul and ruthlefs deed ?   80

Bethink you, uncle, of the time,
    My gray-hair'd father died,
Fraé war your fhrill horn fhuck the wood,
    He fent for you with fpeed.

My brother, guard my bairn, he faid,   85
    She'll hae nae father foon ;
Regard her, Donald, as your ain,
    I'll afk nae uther boon.

Would then my uncle force my love,
    Whar love it coudna be ?   90
Or wed me to the man I hate ?
    Was this his care of me ?

Can thefe brave men, who but of late,
    Together chas'd the deer,
Againft their comrades bend their bows,   95
    In bluidy hunting here ?

She fpake, while trickling ran the tear
    Her blufhing cheek alang ;
And filence, like a heavy cloud,
    O'er a' the warriors hang.   100

Syne ftapt the red-hair'd Malcolm furth,
    Three-fcore his years and three ;
Yet a' the ftrength of ftrongeft youth,
    In fic an eild had he.

Nae pity was there in his breaft,   105
    For war alane he loo'd ;
His grey een fparkled at the fight
    Of plunder, death, and bluid.

What ! fhall our hearts of fteel, he faid,
    Bend to a woman's fang ?   110
Or can her words our honour quit,
    For fic difhoneft wrang ?

For this did a' thefe warriors come,
    To hear an idle tale ?
And o'er our death-accuftomed arms,   115
    Shall filly tears prevail ?

They gied a fhout, their bows they tuik,
    They clafh'd their fteely fwotds ;
Like the loud waves of Barra's fhore,
    There was nae room for words.   120

*   *   *   *   *   *

A cry the weeping Mary gied,
   O uncle hear my prayer ;
Heidna that man of bluidy look—
   She had na time for mair;

For in the midſt anon there came,
   A blind unwetting dart,
That glanc'd frae aff her Duncan's targe,
   And ſtrack her to the heart.

Awhile ſhe ſtagger'd, ſyne ſhe fell,
   And Duncan ſee'd her fa' ;
Aſtound he ſtood, for in his limbs
   There was nae power at a'.

The ſpear he meant at faes to fling,
   Stood fix'd within his hand ;
His lips half open cou'dna ſpeak,
   His life was at a ſtand.

Sae the black ſtump of ſome auld aik,
   With arms in triumph dight,
Seems to the traveller like a man,

*   *   *   *   *   *

KENNETH.

I weird, I weird, hard-hearted lord,
　Thy fa' ſhall ſoon be ſeen ;
Proud was the lily of the morn,
　The cald froſt nipt or een :

Thou leughſt in ſcorn when puir men weep'd,　5
　And ſtrack the lowly down ;
Sae ſall nae widow weep for thine,
　When a' their joys are flown.

This night ye drink the ſparkly wine ;
　I redd you drink your fill ;　　　　　10
The morrow's ſun ſhall drink your bluid,
　Afore he reach the hill.

I ſee the ſnaw-maned horſes ride,
　Their glitt'ring ſwords they draw ;
Their ſwords that ſhall nae glitter lang,　15
　Till Kenneth's pride ſhall fa'

The black Dog youl'd ; he ſaw the ſight
　Nae man but I could ſee ;

I

High on fair Marg'ret's breaſt her ſheet,
    And deadly fix'd her ee :   20

Sae ſpake the ſeer ; wild in his een
    His frighted ſpirit gaz'd :
Pale were his cheeks, and ſtiff his hair
    Like hoary briſtles raiſ'd.

Loud, loud in Kenneth's lighted ha',   25
    The ſang of joy was heard ;
And mony a cup they fill'd again,
    Afore the light appear'd.

" War my ſon William now but here,
" He wad na fail the pledge"——   30
" Wi' that in at the door there ran
    " A ghouſty-looking page.

" I ſaw them, Maſter, O ! I ſaw,
    " Beneath the thorney brae,
" Of black-mail'd warriors mony a rank ;   35
    " Revenge ! he cried, and gae."

The youth that bare Lord Kenneth's cup,
    The ſaft ſmile on his cheek,
Frae his white hand let fa' the drink,
    Nor did the baldeſt ſpeak.   40

Sae have I ſeen the gray-wing'd ſhaft
    That ſtrak the nobleſt deer ;
Aſtounded gaz'd the trembling herd,
    Nor could they flee for fear.

" Ride, ride, and bid Lord William come :   45
  " His fathers fair befet."——
" It was Lord William's horfe that neigh'd ;
  " I heard them bar the yate."

" Welcome, my valiant fon," he faid ;
  " Or fhould I welcome fay,   50
" In fic an ill hour, when you come
  " To meet thy father's fae ?"

" Curs'd be that thought," bald William faid ;
  " My father's faes are mine ;
" Lang has my breaft frae Kenneth learn'd   55
  " Sic baby fear to tine."

" O Willlam ! had we kent yeftreen."——
  " Father, we ken it now ;
" Let women tell what women wifh."——
  Syne three fhrill blafts he blew.   60

Fair Marg'ret lay on downy bed ;
  Yet was na found her reft ;
She waken'd wi' Lord William's horn,
  And down fhe came in hafte.

" What mean you, Kenneth, by that blaft ?   65
  " I wifh my dreams bode guid ;
" Upon a bed of lilies fair
  " I thought there rain'd red bluid.

I 2

" My fon ! my fon ! may peace be there
  " Whar noble William ftands."——
" We are the lilies", anfwer'd he,
  " May their bluid weit our hands."

" What means my William by fic words ?
  " Whafe bluid would William fpill ?
" I thought that horn had blawn in peace,
  " That wak'd the night fae ftill."

She luik'd ; but nane durft anfwer make,
  Till gallant William faid,
" Aft has my mother bade us joy,
  " When we to battail gade.

" Again thy hands may work the plaid
  " For him that fought the beft.;
" Again may I hing up my targe
  " Upon the pin to reft.

" But William never liv'd to fee ;
  " Nor did his mother hear
" A warrior cry on William's name,
  " That was na found for fear.

" And if we fa', my gallant friends,
  " We fhall na fa' alane ;
" Some honeft hand fhall write our deeds
  " Upon the talleft ftane."——

" Hafte, Kenneth, hafte ; for in the field
  "The fire ey'd Walter rides ;

" His men, that come fae thrang wi' hafte,   95
 " For flaw delay he chides."

" By Mary, we will meet him there,"
 " The angry William cry'd ;
" Thy fon will try this Lion-fae,
 " And you with Margaret bide."   100

" No, on my faith, the fword of youth
 " Thy father yet can wield ;
" If that I fhrink frae fierceft faes,
 " My babies mock my eild."

Then forth they rufh'd, afore the yate   105
 The warriors fallied out :
Lord William fmil'd upon their ranks ;
 They anfwer'd wi' a fhout.

" Gae rin, and fay to Walter thus :
 " What feek thae warriours here !   110
" Or why the din of fiery war
 " Aftounds the peaceful ear ?"

" Swift ran the page. " Thus Kenneth fays,
 " What feek thae warriours here !
" Or why the din of fiery war   115
 " Aftounds the peaceful ear ?"

" Gae tell thy mafter, frae this arm
 " Mine anfwer will I gi'e ;

I 3

" Remind him of his tyrant deeds,
 " And bid him anfwer me. 120

" Wha was't that flew my father dear ?
 " That bar'd my caftle wa' ?
" Wha was't that bade wild ruin bruid
 " Whar pipes did glad the ha' ?"

" Nor half way had the meffage fped, 125
 " When their tough bows they drew ;
" But far attour the warriors heads
 " The fhafts for anger flew.

" Sae ever fhute Lord Kenneth's faes,"
 The valiant William faid ; 130
" Wi' this I war nae wi' the wind."
 And drew his glittering blade.

Below the arrow's arch they rufh'd
 Wi' mony a fhout, fae faft ;
Beneath the rainbow the big clouds 135
 Sae drives the roaring blaft.

Bald Walter fprang frae aff his fteid,
 And drave him o'er the lee ;
" Curs'd be the name of that bafe cow'rd
 " That could but think to flee." 140

Firmly he fet his manly foot,
 And firm his targe he bare ;

Never may Walter greet his friends,
  If Kenneth fee him mair.

*   *   *   *   *   *

Multa defunt.

Fair Margaret wi' her maidens fat   145
  Within the painted wa';
She ftarted at ilk breath of wind
  That whiftled through the ha'.

" Wha was't that gi'd yon cry below ?——
  " Say, page, does ill betide ?"   150
" Kenneth and William baith are flain ;
  " Mak hafte, mak hafte and ride."

Her maidens fcriech'd : but any fpeech,
  Nor wail of wae, had fhe ;
She bow'd her head, and fair fhe figh'd,   155
  And cald death clos'd her ee.

FRENNET HALL. PART I.

WHEN Frennet caftle's ivied wall
  Thro' yallow leaves were feen ;

I 4.

When birds forſook the ſapleſs boughs,
  And bees the faded green ;

The Lady Frennet, vengeful dame,
  Did wander frae the ha',
To the wild foreſt's dewie gloom,
  Among the leaves that fa'.

Her page, the ſwifteſt of·her train,
  Had clumb a lofty tree,
Whaſe branches to the angry blaſt
  Were ſouching mournfullie.

He turn'd his een towards the path
  That near the caſtle lay,
Where good lord John and Rothemay
  Were riding down the brae.

Swift darts the eagle from the ſky,
  When prey beneath is ſeen :
As quickly he forgot his hold,
  And perch'd upon the green.

O hie thee, hie thee ! lady gay,
  Frae this dark wood awa :
Some viſitors of gallant mein
  Are haſting to the ha'.

Then round ſhe row'd her ſilken plaid,
  Her feet ſhe did na ſpare,
Until ſhe left the foreſt ſkirts
  A lang bow-ſhot and mair.

O where, O where, my good lord John,
    O tell me where you ride ?   30
Within my caſtle-wall this night
    I hope you mean to bide.

Kind nobles, will ye but alight,
    In yonder bour to ſtay ;
Saft eaſe ſhall teach you to forget   35
    The hardneſs of the way.

Forbear entreaty, gentle dame,
    How can we here remain ?
Full well you ken your huſband dear
    Was by our father ſlain.   40

The thoughts of which with fell revenge
    Your angry boſom ſwell :
Enraged you've ſworn that blood for blood
    Should this black paſſion quell.

O fear not, fear not, good lord John,   45
    That I will you betray,
Or ſue requital for a debt
    Which nature cannot pay.

Bear witneſs, a' ye powers on high,
    Ye lights that 'gin to ſhine,   50
This night ſhall prove the ſacred cord
    That knits your faith and mine.

I. 5.

The lady flee with honeyed words
  Entic'd thir youths to flay :
But morning fun ne'er fhone upon   55
  Lord John nor Rothemay.

To the tune of Leaderhaughs and Yarrow.

* * * * * *

I DREAM'D a dreary dream laft night ;
  God keep us a' frae forrow :
I dream'd I pu'd the birk fae green
  Wi' my true luve on Yarrow.

I'll read your dream, my fifter dear,   5
  I'll tell you a' your forrow :
You pu'd the birk wi' your true luve ;
  He's kill'd he's kill'd on Yarrow.

O gentle wind, that bloweth fouth
  To where my love repaireth,   10
Convey a kifs from his dear mouth,
  And tell me how he fareth !

But o'er yon glen run armed men,
  Have wrought me dule and forrow :
They've flain, they've flain the comlieft fwain ; 15
  He bleeding lies on Yarrow.

LAMMIKIN.

To the tune of Gil Morrice.

A BETTER mafon than Lammikin
  Never builded wi' the ftane :
Quha builded Lord Weires caftell,
  But wages nevir gat nane.

* * * * * *

" Sen ze winnae gie me my guerdon, lord,   5
  " Sen ze winna gie me my hyre,
" Yon proud caftle, fae ftately built,
  " I fall gar rock wi' the fyre.

" Sen ye winna gie me my wages, Lord,
  " Ze fall hae caufe to rue."   10
And fyne he brewed a black revenge,
  And fyne he vowed a vow.

* * * * * *

" Now byde at hame, my luve, my life,.
  " I warde ze byde at hame :
I 6

" O gang nae to this day's hunting,   15
    " To leave me a' my lane !

" Zeſtreene, zeſtreene, I dreamt my bower
    " Of red, red blude was fu',
" Gin ye gang to this black hunting,
    " I ſall hae cauſe to rue."   20

" Quha looks to dreams, my winſome dame ?
    " Ze hae nae cauſe to feare."
" And fyne he's kiſt her comely cheek,
    " And fyne the ſtarting teare.

And fyne he's gane to the good greene wode, 25
    And ſhe to her painted bowir ;
And ſhe's gard ſteek doors, windows, yates,
    Of caſtle, ha, and towir.

They ſteeked doors, they ſteeked yates,
    Cloſe to the cheek and chin ;   30
They ſteeked them a' but a little wicket,
    And Lammikin crap in.

Now quhere's the lady of this caſtle,
    Nurſe tell to Lammikin ?
She's ſewing up intill her bowir :   35
    The fals Nourice ſhe ſung.

Lammikin nipped the bonnie babe,
    Quhile loud fals Nourice ſings :
Lammikin nipped the bonnie babe,
    Quhile hich the red blue ſprings.   40

O gentle Nourice ! pleafe my babe,
   O pleafe him wi’ the keys !
It’ll no be pleafed, gay lady,
   Gin I’d fit on my knees.

Gude gentle Nourice, pleafe my babe,   45
   O pleafe him wi’ a knife !
He winna be pleafed miftrefs myne,
   Gin I wad lay down my life.

Sweet Nourice, loud, loud cries my babe,
   O pleafe him wi’ the bell !   50
He winna be plafed, gay lady,
   Till ze cum down yourfell.

And quhen fhe faw the red, red blude,
   A loud fcrich fchriched fhe,
O monfter, monfter ! fpare my child,   55
   Quha nevir fkaithed thee.

O fpare ! gif in your bludy breaft
   Albergs not heart of ftane !
O fpare ! and ye fall hae of goud   60
   Quhat ze can carrie hame.

Dame, I want not your goud, he faid ;
   Dame, I want not your fee ;
I hae been wranged by your Lord,
   Ze fall black vengeance drie.   65

Here are nae ferfs to guard your halls,
   Nae trufty fpeirmen here ;

They found the horn in gude grene wode,
    And chafe the doe and deer.

Tho' merry founds the gude grene wode,   70
    Wi' huntfmen, hounds, and horn,
Zour Lord fall rue, e'er fets yon fun,
    He hath done me fkaith and fcorn.

THE BONNY LASS OF LOCHROYAN.

O wha will fhoe thy bonny feet ?
    Or wha will glove thy hand ?
Or wha will lace thy middle-jimp,
    With a lang, lang London whang ?

And wha will kame thy bonny head   5
    With a Tabean birben kame ?
And wha will be my bairn's father,
    Till love Gregory come hame ?

Thy father'll fhoe his bonny feet ;
    Thy mother'll glove his hand ;   10.
Thy brither will lace his middle jimp
    With a lang lang London whang.

Myfell will kame his bonny head
    With a Tabean birben kame ;

And the Lord will be the bairn's father   15
   Till Gregory come hame.

Then she's gart build a bonny ship,
   It's a' cover'd o'er with pearl:
And at every needle-tack was in't
   There hang a siller-bell.   20

And she's awa ———
   To sail upon the sea:
She's gane to seek love Gregory
   In lands whare'er he be.

She hadna sail'd a league but twa,   25
   Or scantly had she three,
Till she met with a rude rover
   Was sailing on the sea.

O whether art thou the queen hersell?
   Or ane o' her Maries three;   30
Or art thou the lass of Lochroyan
   Seeking love Gregory?

O I am not the queen hersell,
   Nor ane of her Maries three;
But I am the lass of Lochroyan   35
   Seeking love Gregory.

O sees na thou yon bonny bower,
   It's a' cover'd o'er with tin:
When thou hast sail'd it rouud about,
   Love Gregory is within.   40

When fhe had fail'd it round about,
   She tirled at the pin :
O open, open, love Gregory,
   Open and let me in !

For I am the lafs of Lochroyan,   45
   Banifht frae a' my kin.

[*His mother fpeaks to her from the houfe, and fhe
      thinks it him.*]

If thou be the lafs of Lochroyan,
   As I know na thou be,
Tell me fome of the true takens
   That paft between me and thee.   50

Haft thou na mind, Love Gregory,
   As we fat at the wine,
We changed the rings aff ithers hands,
   And ay the beft was mine ?

For mine was o' the gude red gould,   55
   But thine was o' the tin ;
And mine was true and trufty baith,
   But thine was faufe within.

And haft thou na mind, love Gregory,
   As we fat on yon hill,   60
Thou twin'd me of my maidenhead
   Right fair againft my will ?

Now open, open, love Gregory,
   Open, and let me in ;
For the rain rains on my gude cleeding,   65
   And the dew ſtands on my chin.

If thou be the laſs of Lochroyan,
   As I know na thou be,
Tell me ſome mair o’ the takens
   Paſt between me and thee.   70

Then ſhe has turn’d her round about,
   Well, ſince it will be ſae,
Let never woman who has born a ſon
   Hae a heart ſae full of wae.

Take down, take down that maſt of gould,   75
   Set up a maſt of tree ;
For it diſna become a forſaken lady
   To ſail ſae royallie.

[The ſon ſpeaks.]

I dream’t a dream this night, mother,
   I wiſh it may prove true,   80
That the bonny laſs of Lochroyan
   Was at the yate juſt now.

Lie ſtill, lie ſtill, my only ſon,
   And found ſleep mayſt thou get ;
For it’s but an hour or little mair
   Since ſhe was at the yate.   85

Awa, awa, ye wicked woman,
  And an ill deed may you die;
Ye might have either letten her in,
  Or elfe have wakened me.   90

Gar faddle to me the black, he faid,
  Gar faddle to me the brown,
Gar faddle to me the fwifteft fteed
  That is in a' the town.

Now the firft town he came to,   95
  The bells were ringing there;
And the neift town he came to,
  Her corpfe was coming there.

Set down, fet down that comely corpfe,
  Set down and let me fee,   100
Gin that be the lafs of Lochroyan,
  That died for love o' me.

And he took out his little penknife,
  That hang down by his gare;
And he's ripp'd up her winding-fheet,   105
  A lang claith yard and mair.

And firft he kift her cherry-cheek,
  And fyne he kift her chin,
And neift he kift her rofy lips;
  There was nae breath within.   110

And he has ta'en his little penknife,
  With a heart that was fou fair;

He has given himſelf a deadly wound,
    And word ſpoke never mair.

THE BATTLE OF OTTERBURN.

Iᴛ fell, and about the Lammas time,
    When huſbandmen do win their hay,
Earl Douglas is to the Engliſh woods,
    And a' with him to fetch a prey. .

He has choſen the Lindſays light,   5
    With them the gallant Gordons gay,
And the Earl of Fyfe withouten ſtrife,
    And Sir Hugh Montgomery upon a. grey.

They hae taken Northumberland,
    And ſae hae they the north-ſhire,   10
And the Otter-dale they burnt it hale,
    And ſet it a' into a fire.

Out then ſpack a bonny boy,
    That ſerv'd ane o' Earl Douglas' kin,
Methinks I ſee an Engliſh hoſt   15
    A-coming branken us upon.

If this be true, my little boy,
    An it be troth that thou telis me,

The braweſt bower in Otterburn
    This day ſhall be thy morning fee,   20

But if it be falſe, my little boy,
    But and a lie that thou tells me,
On the higheſt tree that's in Otterburn
    With my awin hands I'll hing thee hie.

The boy's taen out his little penknife,   25
    That hanget low down by his gare,
And he gae Earl Douglas a deadly wound,
    Alas ! a deep wound and a fare.

Earl Douglas ſaid to Sir Hugh Montgomery,
    Tack thou the vanguard o' the three ;   30
And bury me at yon bracken buſh,
    That ſtands upon yon lilly lee.

Then Percy and Montgomery met,
    And weel I wat they war na fain ;
They ſwapped ſwords, and they twa ſwat,   35
    And ay the blood ran down between.

O yield thee, yield thee, Percy, he ſaid,
    Or elſe I vow I'll lay thee low.
Whom to ſhall I yield ? ſaid Earl Percy ;
    Now that I ſee it maun be ſo.   40

O yield thee to you braken buſh,
    That grows upon you lilly lie,

I winna yield to a braken bufh,
   Nor yet will I unto a brier ;
But I wald yield to Earl Douglas,   45
   Or Sir Hugh Montgomery, if he was here.

As foon as he knew it was Montgomery,
   He ftuck his fword's point in the ground :
And Sir Hugh Montgomery was a courteous
     knight,
And he quickly brought him by the hand.   50

This deed was done at Otterburn,
   About the breaking o' the day.
Earl Douglas was buried at the braken bufh,
   And Percy led captive away.   54

THERE GOWANS ARE GAY.

THERE gowans are gay, my joy,
   There gowans are gay;
They gar me wake when I fhould fleep,
   The firft morning of May.

About the fields as I did pafs,   5
   There gowans are gay ;
I chanc'd to meet a proper lafs,
   The firft morning of May.

Right bufy was that bonny maid,
  There gowans are gay;   10
I halft her, fyne to her I faid,
  The firft morning of May :

O miftrefs fair, what do you here ?
  There gowans are gay ;
Gathering the dew, what neid ye fpeir ?   15
  The firft morning of May.

The dew, quoth I, what can that mean ?
  There gowans are gay ;
Quoth fhe, to wafh my miftrefs clean,
  The firft morning of May.   20

I afked farder at hir fyne,
  There gowans are gay,
Gif to my will fhe wad incline ?
  The firft morning of May.

She faid, her errand was not there,   25
  Where gowans are gay ;
Her maidenhood on me to ware,
  The firft morning of May.

Then like an arrow frae a bow,
  There gowans are gay ;   30
She fkift away out o'er the know,
  The firft morning of May ;

And left me in the garth my lane,
  There gowans are gay ;

And in my heart a twang of pain,   35
   The firſt morning of May.

The little birds they ſang full ſweet,
  . There gowans are gay ;
Unto my comfort was right meet,
   The firſt morning of May.   40

And thereabout I paſt my time,
   There gowans are gay ;
Until it was the hour of prime,
   The firſt morning of May.

And then returned hame bedeen,   45
   There gowans are gay ;
Panſand what maiden that had been,
   The firſt morning of May.

KERTONHA': OR, THE FAIRY COURT.

Sᴴᴱ's prickt herſell and prin'd herſell,
   By the ae light o' the moon,
And ſhe's awa to Kertonha',
   As faſt as ſhe can gang.

" What gars ye pu' the roſe, Jenny ?   5
  " What gars ye break the tree ?

" What gars you gang to Kertonha',
  " Without the leave of me ?"

" Yes, I will pu' the rofe, Thomas,
  " And I will break the tree ;   10
" For Kertonha' fhou'd be my ain,
  " Nor afk I leave of thee.

" Full pleafant is the fairy land,
  " And happy there to dwell ;
" I am a fairy lyth and limb,   15
  " Fair maiden view me well.

" O pleafant is the fairy land !
  " How happy there to dwell !
" But ay at every feven years end,
  " We're a' dung down to hell.   20

" The morn is good Hallow-e'en,
  " And our court a' will ride ;
" If ony maiden wins her man,
  " Then fhe may be his bride.

" But firft ye'll let the black gae by,   25
  " And then ye'll let the brown :
" Then I'll ride on a milk-white fteed,
  " You'll pu' me to the ground.

" And firft, I'll grow into your arms,
  " An efk, but and an edder ;   30
" Had me faft, let me not gang,
  " I'll be your bairn's father.

Next, I'll grow into your arms,
    A tod, but and an eel;
Had me faſt, let me not gang,   35
    If you do love me weel.

Laſt, I'll grow into your arms
    A dove, but and a ſwan;
Then, maiden fair, you'll let me go,
    I'll be a perfect man.   40

*   *   *   *   *   *

CLERK COLVILL: OR, THE MERMAID.

CLERK COLVILL and his luſty dame
    Were walking in the garden green;
The belt around her ſtately waiſt
    Coſt Clerk Colvill of pounds fifteen.

O promiſe me now, Clerk Colvill,   5
    Or it will coſt ye muckle ſtrife;
Ride never by the wells of Slane,
    If ye wad live and brook your life.

Now ſpeak nae mair, my luſty dame,
    Now ſpeak nae mair of that to me;   10
    VOL. I.   K

Did I ne'er fee a fair woman,
  But I wad fin with her fair body ?

He's ta'en leave o' his gay lady,
  Nought minding what his lady faid ;
And he's rode by the wells of Slane,   15
  Where wafhing was a bonny maid.

" Wafh on, wafh on, my bonny maid,
  " That wafh fae clean your fark of filk ;"
" And weel fa' you, fair gentleman,
  " Your body's whiter than the milk."   20

Then loud, loud cry'd the Clerk Colvill,
  O my head it pains me fair ;
" Then take, then take," the maiden faid,
  " And frae my fark you'll cut a gare."

Then fhe's gi'ed him a little bane-knife,   25
  And frae his fark he cut a fhare ;
She's ty'd it round his whey-white face,
  But ay his head it aked mair.

Then louder cry'd the Clerk Colvill,
  " O fairer, fairer akes my head ;"   30
" And fairer, fairer ever will,"
  The maiden crys, " 'till you be dead."

Out then he drew his fhining blade,
  Thinking to ftick her where fhe ftood ;

But she was vanish'd to a fish,   35
    And swam far off a fair mermaid.

O mother, mother, braid my hair ;
    My lusty lady, make my bed ;
O brother, take my sword and spear,
    For I have seen the false mermaid.   40

*   *   *   *   *   *

WILLIE AND ANNET.

Liv'd ance twa luvers in yon dale
    And they lov'd ither weel,
Frae ev'ning late to morning aire
    Of luving luv'd their fill.

" Now, Willie, gif you luve me weel,   5
    " As sae it seems to me,
" Gar build, gar build a bonny schip,
    " Gar build it speedilie.

" And we will sail the sea sae green,
    " Unto some far countrie,   10
" Or we'll sail to some bonie isle
    " Stands lanely midst the sea."

                        K 2

But lang or e'er the schip was built,
  Or deck'd, or rigged out,
Came sick a pain in Annet's back,   15
  That down she cou'd na lout.

" Now, Willie, gif ye luve me weel,
  " As she it seems to me,
" O haste, haste, bring me to my bow'r,
  " And my bow'r maidens three."   20

He's taen her in his arms twa,
  And kiss'd her cheik and chin ;
He's brocht her to her ain sweet bow'r,
  But nae bow'r-maid was in.

" Now, leave my bower, Willie, she said,   25
  " Now leave me to my lane ;
" Was nevir man in a lady's bower,
  " When she was travelling."

He's stepped three steps down the stair,
  Upon the marble stane :   30
Sae loud's he heard his young son's greet,
  But and his lady's mane !

" Now come, now come, Willie, she said,
  " Tak your young son frae me,
" And hie him to your mother's bower,   35
  " With speed and privacie."

He's taen his young fon in his arms,
  He's kifs'd him cheik and chin,
He's hied him to his mother's bower
  By th' ae light of the moon.   40

And with him came the bold baron,
  And he fpake up wi' pride,
" Gar feek, gar feek the bower-maidens,
  " Gar bufk, gar bufk the bryde."

" My maidens, eafy with my back,   45
  " And eafy with my fide.
" O fet my faddle faft, Willie,
  " I am a tender bryde."

When fhe came to the burrow town,
  They gied her a broach and ring,   50
And when fhe came to * * *
  They had a fair wedding.

O up then fpake the Norland Lord,
  And blinkit wi' his ee,
" I trow this lady's born a bairn ;"   55
  Then laucht loud lauchters three.

And up then fpake the brifk bridegroom,
  And he fpake up wi pryde,
" Gin I fhould pawn my wedding-gloves,
  " I will dance wi the bryde."   60

" Now had your tongue, my Lord, fhe faid,
　" Wi dancing let me be,
" I am fae thin in flefh and blude,
　" Sma' dancing will ferve me."

But fhe's taen Willie be the hand,　　　　65
　The tear blinded her ee ;
" But I wad dance wi my true luve—
　" But burfts my heart in three."

She's taen her bracelet frae her arm,
　Her garter frae her knee,　　　　　　70
" Gie that, gie that to my young fon,
　" He'll ne'er his mother fee."

*　*　*　*　*

" Gar deal, gar deal the bread, mother,
　" Gar deal, gar deal the wine ;
" This day hath feen my true love's death,　75
　" This nicht fhall witnefs mine."

THE CRUEL KNIGHT.

The Knight ftands in the ftable-door,
　As he was for to ryde,

When out then came his fair lady,
    Desiring him to byde.

" How can I byde, how dare I byde,   5
    " How can I byde with thee ?
" Have I not kill'd thy ae brother !
    " Thou hadst nae mair but he."

" If you have kill'd my ae brother,
    " Alas ! and woe is me !   10
" But if I save your fair body,
    " The better you'll like me."

She's taen him to her secret bower,
    Pinn'd with a siller-pin,
And she's up to her highest tower,   15
    To watch that none come in.

She had na well gane up the stair,
    And entered in her tower,
When four-and-twenty armed knights
    Came riding to the door.   20

" Now, God you save, my fair lady,
    " I pray you tell to me,
" Saw you not a wounded knight
    " Come riding by this way ?

" Yes ; bloody, bloody was his sword,   25
    " And bloody were his hands ;

 " But if the fteed he rides be good,
  " He's paft fair Scotland's ftrands.

 " Light down, light down, then, gentlemen,
  " And take fome bread and wine ;   30
 " The better you will him purfue,
  " When you fhall lightly dine."

 " We thank you for your bread, Lady,
  " We thank you for your wine.
 " I would gie thrice three thoufand pounds 35
  " Your fair body was mine."

Then fhe's gane to her fecret bower,
 Her hufband dear to meet ;
But out he drew his bloody fword,
 And wounded her very deep.   40

 " What aileth thee now, good my Lord,
  " What aileth thee at me ?
 ' Have you not got my father's gold,
  " But and my mother's fee?"

 " Now live, now live, my fair lady, 45
  " O live but half an hour,
 " There's ne'er a leech in fair Scotland
  " But fhall be at thy bower."

 " How can I live, how fhall I live,
  " How can I live for thee ?   50

" See you not where my red heart's blood
" Runs trickling down my knee!

*   *   *   *   *   *

WHA WILL BAKE, &c.

WHA will bake my bridal bread,
  And brew my bridal ale?
And wha will welcome my brisk bride
  That I bring o'er the dale?

I will bake your bridal bread,   5
  And brew your bridal ale,
And I will welcome your brisk bride
  That you bring o'er the dale.

But she that welcomes my brisk bride
  Maun gang like maiden fair,   10
She maun lace on her robe sae jimp,
  And braid her yellow hair.

But how can I gang maiden-like,
  When maiden I am nane?
Have I not born seven sons to thee,   15
  And am with child agen?

K 5

She's taen her young fon in her arms,
   Another in her hand,
And fhe's up to the higheft tower,
   To fee him come to land.   20

You're welcome to your houfe, mafter,
   You're welcome to your land,
You're welcome with your fair lady,
   That you lead by the hand.

*   *   *   *   *   *

And ay fhe ferv'd the lang tables   25
   With white bread and with wine,
And ay fhe drank the wan water,
   To had her colour fine.

Now he's taen down a filk napkin
   Hung on the filver-pin,   30
And ay he wipes the tear trickling
   Adown her cheek and chin.

I'LL WAGER, I'LL WAGER, &c.

I'LL wager, I'll wager, I'll wager with you,
   Five hundred merks and ten,

That a maid ſha'nae go to yon bonny green wood,
    And a maiden return agen.

I'll wager, I'll wager, I'll wager with you,   5
    Five hundred merks and ten,
That a maid ſhall go to yon bonny green wood,
    And a maiden return agen.

She's pu'd the blooms aff the broom-buſh,
    And ſtrew'd them on's white haſs-bane ;   10
This is a ſign whereby ye may know
    That a maiden was here, but ſhe's gane.

O where was you, my good grey ſteed,
    That I hae lo'ed ſae dear ?
O why did you not waken me   15
    When my true love was here ?

I ſtamped with my foot, maſter,
    And gar'd my bridle ring,
But you wadnae waken frow your ſleep,
    Till your love was paſt and gane.   20

Now I may ſing as dreary a ſang,
    As the bird ſung on the brier,
For my true love is far remov'd,
    And I'll ne'er ſee her mair.   24

K 6

JOHNNY'S GRAY BREEKS.

WHEN I was in my fe'enteenth year,
    I was baith blythe and bonny, O;
The lads lu'd me baith far and near,
    But I lu'd nane but Johnny, O.
He gain'd my heart in twa three weeks,   5
    He fpak fae blythe and kindly, O;
And I made him new gray breeks
    That fitted him moft finely, O.

He was a handfome fellow—
    His humour was baith frank and free,   10
His bonny locks fae yellow,
    Like gou'd they glitter'd in my ee;
His dimpled chin and rofy cheeks,
    And face fo fair and ruddy, O;
And, then, a-day, his grey breeks   15
    Were neither auld nor duddy, O.

But now they are thread-bare worn,
    They're wider than they wont to be:
They're tafhed like and torn,
    And clouted fair on ilka knee.   20
But gin I had a fummer's day,
    As I have had right mony, O,

I'll mak a web o' new gray,
 To be breeks to my Johnny, O.

For he's weel wordy o' them,   25
 And better gin I had to gi'e,
And I'll tak pains upon them,
 Frae faults I'll ſtrive to keep them free.
To clad him weel ſhall be my care,
 And pleaſe him a' my ſtudy, O ;   30
But he maun wear the auld pair
 A wee, tho' they be duddy, O.

To the tune of Apron Deary.

My ſheep I neglected, I loſt my ſheep-hook,
And all the gay haunts of my youth I forſook;
Nae mair for Amynta freſh garlands I wove,
For ambition, I ſaid, would ſoon cure me of love.
 O what had my youth with ambition to do ?   5
 Why left I Amynta ? why broke I my vow ?
 O gi' me my ſheep, and my ſheep-hook reſtore,
 I'll wander frae love and Amynta no more.

Through regions remote in vain do I rove,
And bid the wild ocean ſecure me from love !
O fool ! to imagine that ought can ſubdüe   10
A love ſo well founded, a paſſion ſo true.
 O what had my youth, &c.

Alas ! 'tis o'er late at thy fate to repine ;
Poor fhepherd, Amynta nae mair can be thine :
Thy tears are a' fruitlefs, thy wifhes are vain,   16
The moments neglected return nae again.

O what had my youth with ambition to do ?
Why left I Amynta ? why broke I my vow ?
O gi' me my fheep, and my fheep-hook reftore,
I'll wander frae love and Amynta no more.

ALLOA-HOUSE.

THE fpring-time returns, and clothes the green
    plains.
    And Alloa fhines more cheerful and gay ;
The lark tunes his throat, and the neighbouring
    fwains
    Sing merrily round me where-ever I ftray :
But Sandy nae mair returns to my view ;   5
    Nae fpring-time me cheers, nae mufic can
    charm ;
He's gane ! and, I fear me, for ever; adieu !
    Adieu every pleafure this bofom can warm !

O Alloa-houfe ! how much art thou chang'd !
    How filent, how dull to me is each grove !   10

Alane I here wander where ance we both rang'd,
  Alas for to pleafe me my Sandy ance ftrove!
Here, Sandy, I heard the tales that you tauld,
  Here liften'd too fond whenever you fung;
Am I grown lefs fair then, that you are turn'd
    cauld?   15
  Or foolifh, believ'd a falfe, flattering tongue?

So fpoke the fair maid, when forrow's keen pain,
  And fhame, her laft fault'ring accents fuppreft;
For fate, at that moment, brought back her dear
    fwain,
  Who heard, and, wi' rapture, his Nelly ad-
    dreft: 20
My Nelly! my fair, I come; O my luve!
  Nae power fhall thee tear again from my arms,
And, Nelly, nae mair thy fond fhepherd reprove,
  Who knows thy fair worth, and adores a' thy
    charms.

She heard; and new joy fhot thro' her faft
    frame: 25
  And will you, my luve! be true? fhe replied:
And live I to meet my fond fhepherd the fame?
  Or dream I that Sandy will make me his bride?
O Nelly! I live to find thee ftill kind;
  Still true to thy fwain, and luvely as true: 30
Then adieu to a' forrow; what foul is fo blind,
  As not to live happy for ever with you?

Same Tune.

Oh! how cou'd I venture to luve an like thee,
And you not defpife a poor conqueft like me?
On lords, thy admirers, cou'd look wi' difdain,
And knew I was naething, yet pity'd my pain?
You faid, while they teaz'd you with nonfenfe
   and drefs,   5
When real the paffion, the vanity's lefs;
You faw thro' that filence which others defpife,
And, while beaux were a-tauking, read luve in
   my eyes.

O! how fhall I fauld thee, and kifs a' thy charms,
Till fainting wi' pleafure, I die in your arms; ro
Thro' a' the wild tranfports of ecftafy toft,
Till finking together, together we're loft!
Oh! where is the maid that, like thee, ne'er can
   cloy,
Whofe wit does enliven each dull paufe of joy;
And when the fhort raptures are all at an end, 15
From beautiful miftrefs turns fenfible friend?

In vain do I praife thee, or ftrive to reveal,
Too nice for expreffion, which only we feel.

In a' that you do, in each look and each mein,
The graces in waiting adorn you unfeen.   20
When I fee you, I luve you ; when hearing,
    adore ;
I wonder, and think you a woman no more ;
Till mad wi' admiring, I cannot contain,
And kiffing your lips, you turn woman again.

With thee in my bofom, how can I defpair ?   25
I'll gaze on thy beauties, and look awa care :
I'll afk thy advice when with troubles oppreft,
Which never difpleafes, but always is beft.
In all that I write I'll thy judgment enquire ;
Thy wit fhall correct what thy love did in-
    fpire :   30
I'll kifs thee, and prefs thee, till youth is all o'er,
And then live in friendfhip, when paffion's no
    more.

AULD LANG SYNE.

Shou'd auld acquaintance be forgot,
    Tho' they return with fears ?
Thefe are the noble hero's lot,
    Obtain'd in glorious wars :
Welcome, my Varo, to my breaft,   5
    Thy arms about me twine,

And mak me ance again as bleſt,
  As I was lang ſyne.

Methinks around us on each bough
  A thouſand Cupids play,   10
Whilſt through the groves I wauk with you,
  Each objeſt makes me gay :
Since your return, the ſun and moon
  With brighter beams do ſhine,
Streams murmur ſoft notes while they run,   15
  As they did lang ſyne.

Deſpiſe the court and din o' ſtate ;
  Let that to their ſhare fa',
Who can eſteem ſuch ſlav'ry great,
  While bounded like a ba' :   20
But ſunk in luve, upo' my arms
  Let your brave head recline ;
We'll pleaſe ourſels wi' mutual charms,
  As we did lang ſyne.

O'er moor and dale wi' your gay friend   25
  You may purſue the chace,
And, after a blyth bottle, end
  A' cares in my embrace :
And in a vacant rainy day,
  You ſhall be wholly mine ;   30
We'll mak the hours run ſmooth away,
  And laugh at lang ſyne.

The heroe, pleaſ'd wi' the ſweet air,
  The ſigns of gen'rous love,

Which had been utter'd by the fair,   35
  Bow'd to the pow'rs above ;
Next day, wi' glad confent and hafte,
  Th' approach'd the facred fhrine ;
Where the good prieft the couple bleft,
  And put them out o' pine.   40

Same Tune.

WHEN floury meadows deck the year,
  And fporting lambkins play,
When fpangled fields renew'd appear,
  And mufic wak'd the day ?
Then did my Chloe leave her bow'r,   5
  To hear my am'rous lay,
Warm'd by my love, fhe vow'd no power
  Shou'd lead her heart aftray.

The warbling quires from ev'ry bough
  Surround our couch in thrangs,   10
And a' their tunefu' art beftow,
  To gi' us change o' fangs :
Scenes o' delight my foul poffefs'd,
  I blefs'd, then hugg'd my maid ;
I robb'd the kiffes frae her breaft,   15
  Sweet as a noon-day's fhade.

But joy tranfporting never fails
  To flee awa' as air;
Another fwain wi' her prevails
  To be as faufe as fair.   20
What can my fatal paffion cure?
  I'll never woo again;
A' her difdain I maun endure,
  Adoring her in vain.

What pity 'tis to hear the boy   25
  Thus fighing wi' his pain!
But time and fcorn may gi'e him joy,
  To hear her figh again.
Ah! fickle Chloe, be advis'd,
  Do not thyfel' beguile;   30
A faithful lover fhould be priz'd,
  Then cure him wi' a fmile.

ALLAN WATER.

What numbers fhall the mufe repeat?
  What verfe be found to praife my Annie?
On her ten thoufand graces wait;
  Each fwain admires, and owns fhe's bonny.
Since firft fhe trod the happy plain,   5
  She fet each youthful heart on fire;

Each nymph does to her fwain complain,
   That Annie kindles new defire.

This lovely darling, deareft care,
   This new delight, this charming Annie,   10
Like fummer's dawn, fhe's frefh and fair,
   When Flora's fragrant breezes fan ye.
A' day the am'rous youths conveen ;
   Joyous they fport and play before her ;
A' night, when fhe nae mair is feen,   15
   In blifsful dreams they ftill adore her.

Amang the crowd Amyntor came ;
   He look'd, he luv'd, he bow'd to Annie ;
His rifing fighs exprefs his flame,
   His words were few, his wifhes many.   20
Wi' fmiles the luvely maid reply'd,
   Kind fhepherd, why fhou'd I deceive ye ?
Alas ! your love maun be deny'd,
   This deftin'd breaft can ne'er relieve ye..

Young Damon came, with Cupid's art,   25
   His wiles, his fmiles, his charms beguiling.
He ftaw awa' my virgin heart ;
   Ceafe, poor Amintor, ceafe bewailing.
Some brighter beauty you may find,
   On yonder plain the nymphs are many ;   30
Then charm fome heart that's unconfin'd
   And leave to Damon his own Annie.

BROOM OF COWDENKNOWS.

How blythe, ilk morn, was I to fee
    My fwain come o'er the hill!
He fkipt the burn, and flew to me;
    I met him wi' good will.
        O the broom, the bonny, bonny broom,   5
            The broom o' Cowdenknows;
        I wifh I were wi' my dear fwain,
            Wi' his pipe and my ewes.

I neither wanted ew nor lamb,
    While his flock near me lay;   10
He gather'd in my fheep at night,
    And chear'd me a' the day.
        O the broom, &c.

He tun'd his pipe and reed fae fweet,
    The birds ftood lift'ning by;   15
Ev'n the dull cattle ftood and gaz'd,
    Charm'd wi' his melody.
        O the broom, &c.

While thus we fpent our time, by turns
    Betwixt our flocks and play,   20

I envy'd not the faireſt dame,
  Tho' ne'er ſo rich and gay.
    O the broom, &c.

Hard fate.! that I ſhou'd baniſh'd be,
  Gang. heavily and mourn,   25
Becauſe I lov'd the kindeſt ſwain
  That ever yet was born !
    O the broom, &c.

He did oblige me ev'ry hour ;
  Cou'd I but faithfu' be ?   30
He ſtaw my heart ; cou'd I refuſe
  Whate'er he aſk'd of me ?
    O the broom, &c.

My doggie, and my little kit,
  That held my wee ſoup whey,   35
My plaidy, broach and crooked ſtick,
  May now ly uſeleſs by.
    O the broom. &c.

Adieu, ye Cowdenknows, adieu,
  Farewell a' pleaſures there ;   40
Ye gods reſtore me to my ſwain,
  Is a' I crave, or care.
    O the broom, the bonny, bonny broom,
      The broom of Cowdenknows ;
    I wiſh I were with my dear ſwain,
      With his pipe and my ewes.

Same Tune.

When summer comes, the swains on Tweed
 Sing their succefsful loves;
Around the ewes and lambkins feed,
 And music fills the groves.

But my lov'd song is then the broom   5
 So fair on Cowdenknows ;
For sure so sweet, so soft a bloom
 Elsewhere there never grows.

There Colin tun'd his oaken reed,
 And won my yielding heart ;   10
No shepherd e'er that dwelt on Tweed
 Cou'd play with half such art.

He sung of Tay, of Forth, of Clyde,
 The hills and dales all round,
Of Leaderhaughs and Leaderside,   15
 Oh ! how I blefs'd the found.

Yet more delightful is the broom
 So fair on Cowdenknows ;
For sure so fresh, so bright a bloom
 Elsewhere there never grows.   20

Not Tiviot braes ſo green and gay
   May with this broom compare,
Nor Yarrow banks in flowry May,
   Nor the buſh aboon Traquair.

More pleaſing far are Cowdenknows,   25
   My peaceful happy home,
Where I was wont to milk my ewes
   At ev'n among the broom.

Ye powers that haunt the woods and plains
   Where Tweed with Tiviot flows.   30
Convey me to the beſt of ſwains,
   And my lov'd Cowdenknows.

BONNY JEAN.

Love's goddeſs, in a myrtle grove,
   Said, Cupid, bend thy bow with ſpeed,
Nor let thy ſhaft at random rove,
   For Jenny's haughty heart maun bleed.
The ſmiling boy with art divine,   5
   From Paphos ſhot an arrow keen,
Which flew, unerring, to the heart,
   And kill'd the pride of bonny Jean.
   VOL. I.   L

Nae mair the nymph, wi haughty air,
 Refufes Willy's kind addrefs;   10
Her yielding blufhes fhew nae care,
 But too much fondnefs to fupprefs.
Nae mair the youth is fullen now,
 But looks the gayeft on the green,
Whilft ev'ry day he fpies fome new   15
 Surprifing charms in bonny Jean.

A thoufand tranfports crowd his breaft,
 He moves as light as fleeting wind;
His former forrows feem a jeft,
 Now when his Jenny is turn'd kind: 20
Riches he looks on wi difdain;
 The glorious fields of war look mean;
The cheerful hound and horn give pain,
 If abfent from his bonny Jean.

The day he fpends in amorous gaze,   25
 Which ev'n in fummer fhorten'd feems;
When funk in downs, wi glad amaze,
 He wonders at her in his dreams.
A' charms difclos'd, fhe looks more bright
 Than Troy's fair prize, the Spartan queen; 30
Wi breaking day he lifts his fight,
 And pants to be wi bonny Jean.

Same Tune.

Now Spring begins her smiling round,
And lavish paints th' enamell'd ground ;
The birds now lift their cheerful voice,
And gay on every bough rejoice :
The lovely Graces, hand in hand,   5
Knit faft in Love's eternal band,
With early ftep, at morning dawn,
Tread lightly o'er the dewy lawn.

Where-e'er the youthful fifters move,
They fire the foul to genial love :   10
Now, by the river's painted fide,
The fwain delights his country bride ;
While, pleas'd, fhe hears his artlefs vows,
Each bird his feather'd confort wooes :
Soon will the ripen'd fummer yield   15
Her various gifts to ev'ry field.

The fertile trees, a lovely fhow !
With ruby-tinctur'd birth fhall glow ;
Sweet fmells from beds of lilies borne,
Perfume the breezes of the morn :   20
The fmiling day and dewy night,
To rural fcenes my fair invite ;

With fummer-fweets to feaft her eye,
Yet foon, foon will the fummer fly.

Attend, my lovely maid, and know   25
To profit by th' inftructive fhow.
Now young and blooming thou appears,
All in the flourifh of thy years;
The lovely bud fhall foon difclofe
To ev'ry eye the blufhing rofe;   30
Now, now, the tender ftalk is feen,
With beauty frefh, and ever green:

But when the funny hours are paft,
Think not the coz'ning fcene will laft;
Let not the flatterer, Hope, perfuade,   35
Ah! muft I fay that it will fade?
For fee the fummer flies away,
Sad emblem of our own decay!
Now winter from the frozen north,
Drives fwift his iron chariot forth.   40

His grifly hands in icy chains
Fair Tweda's filver ftream conftrains:
Caft up thy eyes, how bleak and bare
He wanders on the tops of Yare!
Behold his footfteps dire are feen   45
Confeft o'er ev'ry with'ring green.
Griev'd at the fight, when thou fhalt fee
A fnowy wreath to cloath each tree;

Frequenting now the ftream no more,
Thou fleeft, difpleas'd, the frozen fhore.   50

When thou shalt miss the flow'rs that grew
But late, to charm thy ravish'd view;
Then shall a sigh thy soul invade,
And o'er thy pleasures cast a shade;
Shall I, ah! horrid! wilt thou say,   55
Be like to this some other day?

But when in snow and dreary frost
The pleasure of the field is lost,
To blazing hearths at home we run,
And fires supply the distant sun;   60
In gay delights our hours employ,
And do not lose, but change our joy:
Happy! abandon ev'ry care;
To lead the dance, to court the fair.

To turn the page of sacred bards,   65
To drain the bowl, and deal the cards.
In cities thus, with witty friends,
In smiles the hoary season ends.
But when the lovely white and red
From the pale ashy cheek is fled,   70
Then wrinkles dire and age severe,
Make beauty fly we know not where.

The fair, whom Fates unkind disarm,
Ah! must they ever cease to charm?
Or is there left some pleasing art,   75
  To keep secure a captive heart?

L 3

Unhappy love ! may lovers fay,
Beauty, thy food does fwift decay;
When once that fhort-liv'd ftock is fpent,
What is't thy famine can prevent ?			80

Lay in good fenfe with timeous care,
That Love may live on Wifdom's fare ;
'Tho' Ecftacy with Beauty flies,
Efteem is born when Beauty dies.
Happy the man whom Fates decree			85
Their richeft gift in giving thee :
Thy beauty fhall his youth engage,
Thy wifdom fhall delight his age.

BANKS OF FORTH.

Awake, my love, with genial ray
The fun returning glads the day ;
Awake, the balmy zephyr blows ;
The hawthorn blooms, the daifie glows ;
The trees regain their verdant pride,			5
The turtle wooes his tender bride ;
To love each warbler tunes the fong,
And Forth in dimples glides along.

O more than blooming daifies fair !
More fragrant than the vernal air !			10

More gentle than the turtle-dove,
Or ftreams that murmur through the grove!
Bethink thee all is on the wing,
Thefe pleafures wait on wafting fpring;
Then come, the tranfient blifs enjoy;   15
Nor fear what fleets fo faft will cloy.

Same Tune.

YE fylvan pow'rs that rule the plain,
  Where fweetly winding Fortha glides,
Conduct me to thefe banks again,
  Since there my charming Molly bides.
Thefe banks that breathe their vernal fweets, 5
Where ev'ry fmiling beauty meets;
Where Molly's charms adorn the plain,
And cheer the heart of ev'ry fwain.

Thrice happy were the golden days,
  When I, amidft the rural throng,   10
On Fortha's meadows breath'd my lays,
  And Molly's charms were all my fong.
While fhe was prefent, all were gay,
No forrow did our mirth allay;
We fung of pleafure, fung of love,   15
And mufic breath'd in every grove.

L 4

O then was I the happiest swain !
   No adverse fortune marr'd my joy;
The shepherd sigh'd for her in vain,
   On me she smil'd, to them was coy.   20
O'er Fortha's mazy banks we stray'd:
I woo'd, I lov'd the beauteous maid ;
The beauteous maid my love return'd,
And both with equal ardour burn'd.

Once on the grassy bank reclin'd,   25
   Where Forth ran by in murmurs deep,
It was my happy chance to find
   The charming Molly lull'd asleep :
My heart then leap'd with inward bliss,
I softly stoop'd, and stole a kiss ;   30
She wak'd, she blush'd, and faintly blam'd ;
Why, Damon, are you not asham'd ?

Oft in the thick embow'ring groves,
   Where birds their music chirp'd aloud,
Alternately we sung our loves,   35
   And Fortha's fair meanders view'd.
The meadows wore a gen'ral smile,
Love was our banquet all the while ;
The lovely prospect charm'd the eye,
To where the ocean met the sky.   40

Ye sylvan powers, ye rural gods,
   To whom we swains our cares impart,
Restore me to these bless'd abodes,
   And ease, oh ease ! my love-sick heart ;

Thefe happy days again reftore,   45
When Moll and I fhall part no more;
When fhe fhall fill thefe longing arms,
And crown my blifs with all her charms.

BUSH ABOON TRAQUAIR.

Hear me, ye nymphs, and ev'ry fwain,
    I'll tell how Peggy grieves me;
Though thus I languifh, thus complain,
    Alas! fhe ne'er believes me.
My vows and fighs, like filent air,.   5
    Unheeded never move her.
At the bonny bufh aboon Traquair,
    'Twas there I firft did love her.

That day fhe fmil'd, and made me glad,
    No maid feem'd ever kinder;   10
I thought myfelf the luckieft lad,
    So fweetly there to find her.
I try'd to foothe my am'rous flame,
    In words that I thought tender;
If more there pafs'd, I'm not to blame,   15
    I meant not to offend her.

L 5.

Yet now she scornful flies the plain,
   The fields we then frequented;
If e'er we meet, she shews disdain,
   She looks as ne'er acquainted.   20
The bonny bush bloom'd fair in May,
   Its sweets I'll ay remember;
But now her frowns make it decay,
   It fades as in December.

Ye rural pow'rs, who hear my strains,   25
   Why thus should Peggy grieve me?
Oh! mak her partner in my pains,
   Then let her smiles relieve me.
If not, my love will turn despair,
   My passion nae mair tender;   30
I'll leave the bush aboon Traquair,
   To lonely wilds I'll wander.

BIRKS OF INVERMAY.

THE smiling morn, the breathing spring,
Invite the tuneful birds to sing;
And while they warble from each spray,
Love melts the universal lay;
Let us, Amanda, timely wise,   5
Like them improve the hour that flies,

And in saft raptures waste the day
Amang the birks of Invermay.

For soon the winter of the year,
And age, life's winter, will appear ;   10
At this thy lively bloom will fade,
As that will strip the verdant shade ;
Our taste of pleasure then is o'er,
The feather'd songsters please no more ;
And when they droop and we decay,   15
Adieu the birks of Invermay.

The lav'rocks now and lintwhites sing,
The rocks around wi' echoes ring,
The mavis and the blackbird vie
In tunefu' strains to glad the day ;   20
The woods now wear their summer-suits,
To mirth a' nature now invites ;
Let us be blythsome then, and gay,
Amang the birks of Invermay.

Behold the hills and vales around   25
With lowing herds and flocks abound ;
The wanton kids and frisking lambs
Gambol and dance about their dams;
The busy bees with humming noise,
And a' the reptile kind rejoice ;   30
Let us, like them, then sing and play
About the birks of Invermay.

Hark how the waters, as they fa',
Loudly my love to gladnefs ca';
The wanton waves fport in the beams,   35
And fifhes play throughout the ftreams;
The circling fun does now advance,
And all the planets round him dance;
Let us as jovial be as they
Amang the birks of Invermay.   40

To the Tune of " I'll never leave thee."

Oh fpare that dreadful thought,
If I fhould leave thee !
May I all pleafure leave,
Lafs, when I leave thee !
Leave thee, leave thee !   5
How can I leave thee ?
May I all pleafure leave,
Lafs, when I leave thee !

By all the joys of love
I'll never leave thee.   10
May I all pleafure leave,
Lafs, when I leave thee !
Leave thee, leave thee !
How can I leave thee ?
May I all pleafure leave,   15
Lafs, when I leave thee !

RONDEL OF LUFE.

Lo quhat it is to lufe.
Lern ye that lift to prufe ;
Be me, I fay, that no ways may
The grund of grief remufe :
Bot ftill decay both nicht and day.   5
Lo quhat it is to lufe !

Lufe is ane fervent fyre
Kendillet with defyre ;
Schort plefour, lang difplefour,
Repentance is the hyre ;   10
Ane puir trefour without meffour.
Lufe is ane fervent fyre.

To lufe and to be wyifs ;
To rege with gude advyifs ;
Now thus, now than, fo goes the game;   15
Incertaine is the dyifs.
Thair is no man, I fay, that can
Both lufe and to be wyifs.

Flè alwayis frome the fnair :
Lerne at me to beware   20

It is ane pane, and double trane,
Of endlefs wo and cair.
For to refrane that danger plane,
I'le alwyis frome the fnair.   24

TWINE WEEL THE PLAIDEN.

Oh! I hae loft my filkin fnood,
  That tied my hair fae yellow :
I've gi'en my heart to the lad I loo'd ;
  He was a gallant fellow.
    And twine it weel, my bonny dow,   5
      And twine it weel, the plaiden ;
    The laffie loft her filken fnood,
      In pu'ing of the bracken.

He prais'd my een fae bonny blue,
  Sae lily white my fkin o',   10
And fyne he prie'd my bonny mou,
  And fwore it was nae fin o'.
    And twine it weel, my bonny dow,
      And twine it weel, the plaiden ;
    The laffie loft her filken fnood,   15
      In pu'ing of the bracken.

But he has left the lafs he loo'd,
  His ain true love forfaken,

Which gars me fair to greet the snood,
  I lost amang the bracken.   20
    And twine it weel, my bonny dow,
    And twine it weel, the plaiden;
    The lassie lost her silken snood,
    In pu'ing of the bracken.

AULD ROBIN GRAY.

WHEN the sheep are in the fauld and the kye at
    hame,
And a' the weary warld to rest are gane;
The waes of my heart fa' in show'rs frae my ee,
While my gudeman lies sound by me.

Young Jamie loo'd me weel, and he sought me
    for his bride,   5
But saving a crown, he had naething beside;
To mak' the crown a poun', my Jamie gaid to sea,
And the crown and the poun' were baith for me.

He had na been away a twelmonth and a day
When my mither she fell sick, and the cow was
    stoun away;   10
My father brak' his arm, and my Jamie at the sea,
And auld Robin Gray came a courting me.

My heart it faid na, and I look'd for Jamie back ;
But the wind it blew hard, and the fhip it was a
　　wrack.
The fhip it was a wrack, why didna' Jenny dee ?
O why was fhe fpar'd to cry, Wae's me ?

My father coudna' work, and my mither doughtna'
　　fpin ;
I toil'd day and night, but their bread I coudna'
　　win ;
Auld Rob maintain'd them baith, and with tears
　　in his ee,　　　　　　　　　　　　　　　　15
Said, Jenny, for their fakes, oh marry me.

My father argued fair ; and my mither didna
　　fpeak,
But fhe look'd in my face till my heart was like
　　to break ;
Sae I gae him my hand, but my heart was on
　　the fea ;
And auld Robin Gray was gudeman to me.

I hadna' been a wife a week but only four,　　25
When fitting fae mournfully ae night at the door,
I faw my Jamie's wraith, for I coudna' think it
　　he,
Till he faid, I'm come hame, love, to marry thee.

O fair did we greet ; and little did we fay ;
We took but ae kifs, and we tore ourfelves a-
　　way.　　　　　　　　　　　　　　　　　　30

I wifh I were dead ; but I'm nae like to die ;
How lang fhall I live to cry, O waes me ?

I gang like a ghaift, and I downa' think to fpin ;
I darena' think on Jamie ; for that would be a
        fin ;
But I'll e'en do my beft a gude wife to be,   35
For auld Robin Gray is ay kind to me.

FAIR HELEN.

I wish I were where Helen lies,
Who night and day upon me cries,
Who night and day upon me cries ;
I wifh I were where Helen lies,
        On fair Kirkonnel Lee.   5

O Helen fair, O Helen chafte,
If I were with thee, I were bleft;
Where low thou lieft, and at thy reft,
Oh ! were I with thee, I'd be bleft,
        On fair Kirkonnel Lee.   10

I wifh my grave were growing green,
And winding-fheet put o'er my een,
And winding-fheet put o'er my een ;
I wifh my grave were growing green,
        On fair Kirkonnel Lee.   15

Wae to the heart that fram'd the thought,
And curſt the hand that fir'd the ſhot,
And curſt the hand that fir'd the ſhot,
When in my arms my Helen dropt,
    And died for love of me.   20

LEANDER ON THE BAY.

Leander on the Bay
  Of Helleſpont all naked ſtood,
Impatient of delay,
  He leapt into the fatal flood,
    The raging ſeas,   5
    Whom none can pleaſe,
'Gainſt him their malice ſhow :
    The heav'ns lowr'd,
    The rain down pour'd,
And loud the winds did blow.   10

Then caſting round his eyes,
  Thus of his fate he did complain :
Ye cruel rocks and ſkies !
  Ye ſtormy winds, and angry main !
    What 'tis to miſs   15
    The lover's bliſs,
Alas ! ye do not know ;
    Make me your wreck
    As I come back,
But ſpare me as I go.   20

Lo ! yonder ſtands the tower
  Where my beloved Hero lies,
And this is the appointed hour
  Which ſets to watch her longing eyes.
      To his fond ſuit   25
      The gods were mute ;
The billows anſwer, no :
      Up to the ſkies
      The ſurges riſe,
But ſunk the youth as low.   30

Meanwhile the wiſhing maid,
  Divided 'twixt her care and love,
Now does his ſtay upbraid ;
  Now dreads he ſhou'd the paſſage prove :
      O fate ! ſaid ſhe,   35
      Nor heav'n, nor thee,
Our vows ſhall e'er divide ;
      I'd leap this wall,
      Cou'd I but fall
By my Leander's ſide.   40

At length the riſing ſun
  Did to her ſight reveal, too late,
That Hero was undone ;
  Not by Leander's fault, but fate.
      Said ſhe, I'll ſhew,   45
      Tho' we are two,
Our loves were ever one :
      This proof I'll give,
      I will not live,
Nor ſhall he die alone.   50

Down from the wall fhe leapt
　Into the raging feas to him,
Courting each wave fhe met,
　To teach her wearied arms to fwim :
　　　The fea-gods wept,　　　　　　55
　　　Nor longer kept
Her from her lover's fide :
　　　When, join'd at laft,
　　　She grafp'd him faft,
Then figh'd, embrac'd, and died.　　　60

BLACKFORD HILL.

THE man wha lues fair nature's charms,
Let him gae to Blackford hill ;
And wander there amang the craigs,
Or down afide the rill ;
That murmuring through the pebbles plays,　　5
And banks whar daifies fpring ;
While, fra ilk bufh and tree, the birds
In fweeteft concert fing.

The lintie the fharp treble founds ;
The laverock tenor plays ;　　　　　10
The blackbird and the mavis join
To form a folemn bafe ;

Sweet Echo the loud air repeats,
Till a' the valley rings :
While odorous fcents the weftlin wind   15
Frae thoufand wild flowers brings.

The Hermitage afide the burn
In fhady covert lyes,
Frae Pride and Folly's noify rounds
Fit refuge for the wife ;   20
Wha there may ftudy as they lift,
And pleafures tafte at will,
Yet never leave the varied bounds
Of bonny Blackford hill.

BRAES OF BALLENDEN.

BY MR. BLACKLOCK.

BENEATH a green fhade, a lovely young fwain
Ae ev'ning reclin'd to difcover his pain :
So fad, yet fo fweetly he warbled his woe,
The wind ceas'd to breathe, and the fountains to
        flow ;
Rude winds, wi' compaffion, cou'd hear him com-
        plain,   5
Yet Chloe, lefs gentle, was deaf to his ftrain.

How happy, he cry'd, my moments once flew,
E'er Chloe's bright charms firſt flaſh'd in my
　　view ;
Thoſe eyes then, wi pleaſure, the dawn cou'd ſur-
　　vey,
Nor ſmil'd the fair morning mair cheerfu' than
　　they ;　　　　　　　　　　　　　　　　　　10
Now ſcenes of diſtreſs pleaſe only my ſight,
I'm tortur'd in pleaſure, and languiſh in light.

Thro' changes, in vain, relief I purſue,
All, all but conſpire my griefs to renew ;
From ſunſhine to zephyrs and ſhades we repair, 15
To ſunſhine we fly from too piercing an air :
But love's ardent fever burns always the ſame ;
No winter can cool it, no ſummer inflame.

But ſee the pale moon, all clouded, retires,
The breezes grow cool, not Strephon's deſires: 20
I fly from the dangers of tempeſt and wind,
Yet nouriſh the madneſs that preys on my mind:
Ah, wretch ! how can life be worthy thy care ?
To lengthen its moments, but lengthens deſpair.

BRAES OF YARROW.

Buſk ye, buſk ye, my bonny bride,
　Buſk ye, buſk ye, my winſome marrow,

Buſk ye, buſk ye, my bonny bride,
    Buſk and go to the braes of Yarrow.
There will we ſport and gather dew,   5
    Dancing while lav'rocks ſing the morning :
There learn from turtles to prove true ;
    O Bell, ne'er vex me with thy ſcorning.

To weſtlin breezes Flora yields,
    And when the beams are kindly warming, 10
Blythneſs appears o'er all the ſields,
    And nature looks mair freſh and charming.
Learn frae the burns that trace the mead,
    Tho' on their banks the roſes bloſſom,
Yet haſtily they flow to Tweed,   15
    And pour their ſweetneſs in his boſom.

Haſte ye, haſte ye, my bonny Bell,
    Haſte to my arms, and there I'll guard thee,
Wi' free conſent my fears repel,
    I'll wi' my love and care reward thee.   20
Thus ſang I ſaftly to my fair,
    Who rais'd my hopes with kind relenting ;
O queen of ſmiles, I aſk nae mair,
    Since now my bonny Bell's conſenting.

BONNY BOATMAN.

Ye gales that gently wave the fea,
  And pleafe the canny boatman,
Bear me frae hence, or bring to me
  My brave, my bonny Scot—man :
      In haly bands   5
      We join'd our hands,
Yet may not this difcover,
      While parents rate
      A large eftate,
Before a faithfu' lover.   10

But I loor chufe in Highland glens
  To herd the kid and goat—man,
E'er I cou'd for fic little ends
  Refufe my bonny Scot—man.
      Wae worth the man   15
      Wha firft began
The bafe ungen'rous fafhion,
      Frae greedy views
      Love's arts to ufe,
While ftranger to its paffion.   20

Frae foreign fields, my lovely youth,
  Hafte to thy longing laffie,

Who pants to prefs thy bawmy youth,
  And in her bofom haufe thee.
      Love gi'es the word,   25
      Then hafte on board,
      Fair winds and tenty boatman,
      Waft o'er, waft o'er
      Frae yonder fhore,
My blyth, my bonny Scot—man.   30

BLINK OVER THE BURN, SWEET BETTY.

Leave kindred and friends, fweet Betty,
  Leave kindred and friends for me :
Affur'd thy fervant is fteady
  To love, to honour, and thee.
The gifts of nature and fortune   5
  May flee by chance as they came ;
They're grounds the deftinies fport on,
  But virtue is ever the fame.

Altho' my fancy were roving,
  Thy charms fo heav'nly appear,   10
That other beauties difproving,
  I'd worfhip thine only, my dear.
And fhou'd life's forrows embitter
  The pleafure we promis'd our loves,

To ſhare them together is fitter, 15
  Than moan aſunder like doves.

Oh ! were I but ance ſo bleſſed,
  To graſp my love in my arms !
By thee to be graſp'd, and kiſſed !
  And live on thy heaven of charms ! 20
I'd laugh at Fortune's caprices,
  Shou'd Fortune capricious pruve ;
Though death ſhould tear me to pieces,
  I'd die a martyr to luve.

BONNY BESSY.

Bᴇssy's beauties ſhine ſae bright ;
  Were her mony virtues fewer,
She wad ever gie delight,
  And in tranſport mak me view her.
Bonny Beſſy, thee alane 5
  Love I, naething elſe about thee ;
With thy comelineſs I'm tane,
  And langer canna live without thee.

Beſſy's boſom's ſaft and warm,
  Milk-white fingers ſtill employ'd, 10
He who taks her to his arm,
  Of her ſweets can ne'er be cloy'd.

My dear Bessy ; when the roses
    Leave thy cheek, as thou grows aulder,
Virtue, which thy mind disclofes,   15
    Will keep love from growing caulder.

Bessy's tocher is but scanty,
    Yet her face and soul discovers
Those enchanting sweets in plenty
    Maun entice a thousand lovers.   20
It's not money, but a woman
    Of a temper kind and easy,
That gives happiness uncommon ;
    Petted things can nought but teaze ye.

BONIEST LASS IN A' THE WARLD.

Look where my dear Hamilla smiles,
    Hamilla ! heavenly charmer ;
See how wi' a' their arts and wiles
    The Loves and Graces arm her.
A blush dwells glowing on her cheeks,   5
    Fair feats of youthful pleasures,
There love in smiling language speaks,
    There spreads his rosy treasures.

M 2

O faireft maid ! I own thy power,
  I gaze, I figh, and languifh,   10
Yet ever, ever will adore,
  And triumph in my anguifh.
But eafe, O charmer ! eafe my care,
  And let my torments move thee ;
As thou art faireft of the fair,   15
  So I the deareft love thee.

BONNY CHRISTY.

How fweetly fmells the fimmer green !
  Sweet tafte the peach and cherry ;
Painting and order pleafe our een,
  And claret makes us merry :
But fineft colours, fruits, and flow'rs,   5
  And wine, though I be thirfty,
Lofe a' their charms and weaker powers,
  Compar'd with thofe of Chrifty.

When wand'ring o'er the flow'ry park,
  Nae nat'ral beauty wanting,   10
How lightfome is't to hear the lark,
  And birds in concert chanting ?
But if my Chrifty tunes her voice,
  I'm wrapt in admiration ;

My thoughts with ecftacies rejoice,   15
  And drap the hale creation,

Whene'er fhe fmiles a kindly glance,
  I tak the happy omen,
And aften mint to make advance,
  Hoping fhe'll prove a woman :   20
But, dubious of my ain defert,
  My fentiments I fmother ;
With fecret fighs I vex my heart,
  For fear fhe loves another.

Thus fang blate Edie by a burn,   25
  His Chrifty did o'er-hear him ;
She doughtna let her lover mourn,
  But, e'er he wift, drew near him.
She fpake her favour with a look,
  Which left nae room to doubt her ;   30
He wifely this white minute took,
  And flang his arms about her.

My Chrifty !—witnefs, bonny ftream,
  Sic joys frae tears arifing,
I wifh this may na be a dream ;   35
  O love the maift furprifing !
Time was too precious now for tauk ;
  This point of a' his wifhes
He wadna with fet fpeeches bauk,
  But war'd it a' on kiffes.   40

M 3

BESSY BELL AND MARY GRAY.

O Bessy Bell and Mary Gray,
  They war twa bonny laſſes,
They bigg'd a bower on yon burn brae
  And theeked it o'er wi' raſhes.
Fair Beſſy Bell I loe'ed yeſtreen,   5
  And thought I ne'er could alter :
But Mary Gray's twa pawky een,
  They gar my fancy falter.

Now Beſſy's hair's like a lint-tap ;
  She ſmiles like a May morning.   10
When Phœbus ſtarts frae Thetis' lap,
  The hills with rays adorning :
White is her neck, ſaft is her hand,
  Her waiſt and feet's fu' genty ;
With ilka grace ſhe can command ;   15
  Her lips, O wow ! they're dainty.

And Mary's locks are like a craw,
  Her een like diamonds glances ;
She's ay ſae clean, red up and braw,
  She kills whene'er ſhe dances :   20
Blyth as a kid, with wit at will,
  She blooming, tight and tall is ;

And guides her airs fae gracefu' ftill,
  O Jove, fhe's like thy Pallas.

Dear Beffy Bell and Mary Gray,   25
  Ye unco fair opprefs us ;
Our fancies jee between you twae,
  Ye are fic bonny laffes :
Waes me ! for baith I canna get,
  To ane by law we're ftented ;   30
Then I'll draw cuts, and tak' my fate,
  And be with ane contented.

BONNY LASS OF BRANKSOME.

As I came in by Tiviot-fide,
  And by the braes of Brankfome,
There firft I faw my bonny bride,
  Young, fmiling, fweet, and handfome ;
Her fkin was fafter than the down,   5
  And white as alabafter ;
Her hair a fhining wavy brown ;
  In ftraightnefs nane furpaft her.

Life glow'd upon her lip and cheek,
  Her clear een were furprifing,

M 4

And beautifully turn'd her neck,
  Her little breasts just rising.
Nae silken hose wi' gooshets fine,
  Or shoon wi' glancing laces,
On her bare leg forbade to shine,   15
  Well-shapen native graces.

Ae little coat, and bodice white,
  Was sum of a' her claithing ;
Ev'n these o'er meikle ;——mair delyte
  She'd given cled wi' naething.   20
She lean'd upon a flowry brae,
  By which a burnie trotted ;
On her I glowr'd my saul away,
  While on her sweets I doated.

A thousand beauties of desert   25
  Before had scarce alarm'd me,
'Till this dear artless struck my heart,
  And, but designing, charm'd me.
Hurry'd by love, close to my breast
  I grasp'd this fund of blisses ;   30
Wha smil'd, and said, Without a priest,
  Sir, hope for nought but kisses.

I had nae heart to do her harm,
  And yet I cou'dna want her ;
What she demanded, ilka charm   35
  Of hers pled, I shou'd grant her.

Since Heav'n had dealt to me a routh,
   Straight to the kirk I led her;
There plighted her my faith and trowth,
   And a young lady made her.   40

CHARMS OF LOVELY PEGGY.

ONCE more I'll tune the vocal fhell,
To hills and dales my paffion tell;
A flame which time can never quell,
   That burns for thee, my Peggy.
Yet greater bards the lyre fhould hit;   5
For pray what fubject is more fit,
Than to record the facred wit,
   And bloom of lovely Peggy?

The fun juft rifing in the morn,
That paints the new-befpangled thorn,   10
Does not fo much the day adorn
   As does my lovely Peggy.
And when in Thetis' lap to reft,
He ftreaks with gold the ruddy weft,
He's not fo beauteous, as undreft,   15
   Appears my lovely Peggy.

Were she array'd in ruftic weed,
With her the bleating flocks I'd feed,
And pipe upon my oaten reed,
	To pleafe my lovely Peggy.					20
With her a cottage would delight,
All pleafes while she's in my fight ;
But when she's gone, 'tis endlefs night,
	All dark without my Peggy.

When Zephyr on the violet blows,					25
Or breathes upon the damafk rofe,
They do not half the fweets difclofe,	.
	As does my lovely Peggy.
I ftole a kifs the other day,
And, truft me, nought but truth I fay,					30
The fragrant breath of blooming May
	Was not fo fweet as Peggy.

While bees from flow'r to flow'r do rove,
And linnets warble thro' the grove,
Or ftately fwans the waters love,					35
	So lang I'll love my Peggy.
And when Death, with his pointed dart,
Shall ftrike the blow that wounds my heart,
My words fhall be, when I depart,
	Adieu, my lovely Peggy.					40

COLD FROSTY MORNING.

WHEN innocent paftime our pleafures did crown,
  Upon a green meadow, or under a tree,
E.'er Annie became a fine lady in town,
  How lovely, and loving, and bonny was fhe ?
Roufe up thy reafon, my beautiful Annie,   5
  Let ne'er a new whim ding thy fancy a-jee :
O! as thou art bonny, be faithful and canny,
  And favour thy Jamie wha dotes upon thee.

Does the death of a lintwhite give Annie the fpleen ?
  Can tyning of trifles be uneafy to thee ?   10.
Can lapdogs or monkies draw tears from thofe een,
  That look with indiff'rence on poor dying me ?
Roufe up thy reafon, my beautiful Annie,
  And dinna prefer a paroquet to me :
O! as thou art bonny, be prudent and canny, 15
  And think upon Jamie wha doats upon thee.

Ah! fhould a new mantua or Flanders lace head,
  Or yet a wee coatie, though never fo fine,
Gar thee grow forgetful, or let his heart bleed,
  That anes had fome hope of purchafing thine ? 20
M 6

Roufe up thy reafon, my beautiful Annie,
   And dinna prefer ye'r fleegaries to me :
O ! as thou art bonny, be folid and canny,
   And tent a true lover that doats upon thee.

Shall a Paris edition of new-fangled Sany,   25
   Tho' gilt o'er wi' laces and fringes he be,
By adoring himfelf, be admir'd by fair Annie,
   And aim at thofe bennifons promis'd to me ?
Roufe up-thy reafon, my beautiful Annie,
   .And never prefer a light dancer to me :   30
O ! as thou art bonny, be conftant and canny,
   Love only thy Jamie wha dotes upon thee.

O think, my dear charmer ! on ilka fweet hour,
   That flade away faftly between thee and me,
E'er fquirrels, or beaus, or fopp'ry had pow'r   35
   To rival my love, or impofe upon thee.
Roufe up thy reafon, my beautiful Annie,
   And let thy defires be a' center'd in me :
O ! as thou art bonny, be faithful and canny,
   And love him wha's langing to center in thee. 40

CORN RIGGS ARE BONNY.

My PATIE is a lover gay,
   His mind is never muddy,

His breath is fweeter than new hay,
   His face is fair and ruddy.

His fhape is handfome, middle fize ;   5
   He's ftately in his wawking ;
The fhining of his een furprife ;
   'Tis heav'n to hear him tawking.

Laft night I met him on a bawk,
   Where yellow corn was growing,   10
There mony a kindly word he fpake,
   That fet my heart a-glowing.

He kifs'd, and vow'd he wad be mine,
   And loo'd me beft of ony ;
That gars me like to fing finfyne,   15
   O corn riggs are bonny.

Let maidens of a filly mind
   Refufe what maift they're wanting,
Since we for yielding are defign'd,
   We chaftely fhould be granting :   20

Then I'll comply and marry Pate,
   And fyne my cockernony
He's free to touzle air or late
   Where corn riggs are bonny.

COLLIER'S BONNY LASSIE.

The collier has a daughter,
　And O she's wond'rous bonny;
A laird he was that sought her,
　Rich baith in lands and money:
The tutors watch'd the motion.　　　　5
　Of this young honest lover;
But love is like the ocean;
　Wha can its depth discover!

He had the art to please ye,
　And was by a' respected;　　　　10
His airs sat round him easy,
　Genteel, but unaffected.
The collier's bonny lassie,
　Fair as the new-born lilie,
Ay sweet, and never saucy,　　　　15
　Secur'd the heart of Willie.

He lov'd beyond expression
　The charms that were about her,
And panted for possession,
　His life was dull without her.　　　　20

After mature refolving,
  Clofe to his breaft he held her,
In fafteft flames diffolving,
  He tenderly thus tell'd her:

My bonny collier's daughter, 25
  Let naething difcompofe ye,
'Tis no your fcanty tocher
  Shall ever gar me lofe ye:
For I have gear in plenty,
  And love fays, 'tis my duty 30
To ware what Heaven has lent me,
  Upon your wit and beauty.

DOWN THE BÚRN, DAVIE.

WHEN trees did bud, and fields were green,
  And broom bloom'd fair to fee;
When Mary was complete fifteen,
  And love laugh'd in her ee;
Blyth Davie's blinks her heart did move 5
  To fpeak her mind thus free,
Gang down the burn, Davie, love,
  And I fhall follow thee.

Now Davie did each lad furpafs,
  That dwelt on this burn fide, 10

And Mary was the bonnieſt laſs,
    Juſt meet to be a bride :
Her cheeks were roſie, red and white,
    Her een were bonny blue :
Her looks were like Aurora bright,   15
    Her lips like dropping dew.

As down the burn they took their way,
    What tender tales they ſaid !
His cheek to hers he aft did lay,
    And with her boſom play'd ;   20
Till baith at length impatient grown,
    To be mair fully bleſt,
In yonder vale they lean'd them down ;
    Love only ſaw the reſt.

What paſs'd, I gueſs, was harmleſs play,   25
    And naething ſure unmeet ;
For ganging hame, I heard them ſay,
    They lik'd a wawk ſae ſweet ;
And that they aften ſhou'd return
    Sick pleaſure to renew.   30
Quoth Mary, Love, I like the burn,
    And ay ſhall follow you.

DUMBARTON DRUMS.

Dumbarton's drums beat bonny—O
When they mind me of my dear Johnny—O.
  How happy am I,
  When my foldier is by,
While he kiffes and bleffes his Annie—O! 5
'Tis a foldier alone can delight me—O,
For his graceful looks do invite me—O:
  While guarded in his arms,
  I'll fear no war's alarms,
Neither danger nor death fhall e'er fright me—O.

My love is a handfome laddie—O, 11
Genteel, but ne'er foppifh nor gaudy—O:
  Tho' commiffions are dear,
  Yet I'll buy him one this year;
For he fhall ferve no longer a cadie—O. 15
A foldier has honour and bravery—O,
Unacquainted with rogues and their knavery—O:
  He minds no other thing
  But the ladies or the king:
For every other care is but flavery—O. 20

Then I'll be the captain's lady—O:
Farewell all my friends, and my daddy—O,

I'll wait no more at home,
But I'll follow with the drum,
And whene'er that beats I'll be ready—O.   25
Dumbarton's drums found bonny—O,
They are fprightly like my dear Johnny—O:
How happy fhall I be,
When on my foldier's knee,
And he kiffes and bleffes his Annie—O!   30

DUNT, DUNT, PITTIE, PATTIE.

On Whitfunday morning
I went to the fair,
My yellow-hair'd laddie
Was felling his ware;
He gied me fick a blyth blink   5
With his bonny black ee,
And a dear blink, and a fair blink
It was unto me.

I wift not what ail'd me
When my laddie came in,   10
The little wee ftarnies
Flew ay frae my een;
And the fweat it dropt down
Frae my very ee-brie,

And my heart play'd ay 15
    Dunt, dunt, dunt, pittie, pattie.

I wist not what ail'd me,
    When I went to my bed;
I tossed and tumbled,
    And sleep frae me fled. 20
Now, its sleeping and waking
    He's ay in my ee,
And my heart play'd ay
    Dunt, dunt, dunt, pittie, pattie.

THE DECEIVER.

With tuneful pipe and hearty glee,
    Young Watty wan my heart;
A blyther lad ye coudna see,
    All beauty without art.
        His winning tale
        Did soon prevail
To gain my fond belief;
        But soon the swain
        Gangs o'er the plain,
And leaves me full, and leaves me full, 10
        And leaves me full of grief.

Though Colin courts with tuneful fang,
    Yet few regard his mane ;
The laſſes a' round Watty thrang,
    While Colin's left alane :   15
        In Aberdeen
        Was never ſeen
A lad that gave ſic pain ;
      He daily woos,
      And ſtill purſues,   20
Till he does all, till he does all,
    Till he does all obtain.

But ſoon as he has gain'd the bliſs,
    Away then does he run,
And hardly will afford a kiſs   25
    To ſilly me undone :
      Bonny Katty,
      Maggy, Beatty,
Avoid the roving ſwain ;
      His wyly tongue   30
      Be ſure to ſhun,
Or you like me, or you like me,
    Like me will be undone.

ETTRICK BANKS.

On Ettrick banks, in a summer's night,
  At glowming when the sheep drave hame,
I met my lassie braw and tight,
  Come wading barefoot a' her lane:
My heart grew light; I ran, I flang   5
  My arms about her lily neck,
And kifs'd and clapt her there fou lang,
  My words they were na mony feck.

I faid, my lassie, will ye go
  To the Highland hills, the Erfe to learn? 10
I'll baith gie thee a cow and ew,
  When ye come to the brig of Earn.
At Leith auld meal comes in, ne'er fash,
  And herrings at the Broomy Law;
Cheer up your heart, my bonny lafs,   15
  There's gear to win we never faw.

All day when we have wrought enough,
  When winter, frofts, and fnaw begin,
Soon as the fun gaes weft the loch,
  At night when we fit down to fpin,   20

I'll ſcrew my pipes, and play a ſpring ;
 And thus the weary night we'll end,
Till the tender kid and lamb-time bring
 Our pleaſant ſimmer back again.

Syne when the trees are in their bloom, 25
 And gowans glent o'er ilka field,
I'll meet my laſs amang the broom,
 And lead you to my ſimmer ſhield.
Then far frae a' their ſcornfu' din,
 That make the kindly hearts their ſport, 30
We'll laugh, and kiſs, and dance, and ſing,
 And gar the langeſt day ſeem ſhort.

EWE-BUCHTS, MARION.

WILL ye gae to the ewe-buchts, Marion,
And wear in the ſheip wi' me ?
The ſun ſhines ſweit, my Marion,
But nae ha'f ſae ſweit as thee.
O Marion's a bonnie laſs, 5
And the blyth blinks in her ee ;
And fain wad I marrie Marion,
Gin Marion wad marry me.

There's gowd in your garters, Marion,
And ſiller on your white-hauſe bane ; 10

Fou faine wad I kiffe my Marion
At ene quhan I cum hame.
There's braw lads in Earnflaw, Marion,
Quha gap and glow'r wi' their ee',
At kirk quhan they fee my Marion ;   15
Bot nane of them lues like me.

I've nine milk-ewes, my Marion,
A cow, and a brawny quay ;
Ife gie them a' to my Marion
Upon her bridal day.   20
And ye's get a green fey apron,
And waiftcote o' London broun ;
And wow but ye will be vapering
Quhan e'er ye gang to the town.

I'm young and ftout, my Marion,   25
Nane dance like me on the green ;
And gin ye forfake me, Marion,
Ife een gae draw up wi' Jeane.
Sae put on your pearlins, Marion,
And kirtle of the cramafie ;   30
And fune as my chin has nae hair on
I fall cum weft and fee ye.

FLOWERS OF THE FOREST.

I'VE seen the smiling
Of Fortune beguiling,
I've felt all its favours, and found its decay;
    Sweet was its blessing,
    Kind its caressing,   5
But now 'tis fled,——fled far away.

    I've seen the forest
    Adorn'd the foremost,
With flowers of the fairest, most pleasant and gay;
    Sae bonny was their blooming,   10
    Their scent the air perfuming;
But now they are wither'd and wedded away.]

    I've seen the morning,
    With gold the hills adorning,   15
And loud tempest storming before the mid-day.
    I've seen Tweed's silver streams
    Shining in the sunny beams,
Grow drumbly and dark as he row'd on his way.

    O fickle Fortune!   20
    Why this cruel sporting?

O why ftill perplex us, poor fons of a day?
  Nae mair your fmiles can cheer me,
  Nae mair your frowns can fear me.
For the flowers of the foreft are withered a-
 way,   25

Same Tune.

Adieu, ye ftreams that fmoothly glide
 Through mazy windings o'er the plain,
I'll in fome lonely cave refide,
 And ever mourn my faithful fwain.
Flower of the foreft was my love,   5
 Soft as the fighing fummer's gale,
Gentle and conftant as the dove,
 Blooming as rofes in the vale.

Alas! by Tweed my love did ftray,
 For me he fearch'd the banks around; 10
But, ah! the fad and fatal day,
 My love, the pride of fwains, was drown'd.
Now droops the willow o'er the ftream;
 Pale ftalks his ghoft in yonder grove;
Dire Fancy paints him in my dream; 15
 Awake I mourn my hopelefs love;

VOL. I.   N

FLOWERS OE EDINBURGH.

My love was once a bonny lad,
   He was the flower of all his kin.
The abfence of his bonny face
   Has rent my tender heart in twain.
I day nor night find no delight;   5
   In filent tears I ftill complain ;
And exclaim 'gainft thofe my rival foes,
   That ha'e ta'en from me my darling fwain.

Defpair and anguifh fills my breaft,
   Since I have loft my blooming rofe ;   10
I figh and moan while others reft ;
   His abfence yields me no repofe.
To feek my love I'll range and rove,
   Thro' every grove and diftant plain ;
Thus I'll ne'er ceafe, but fpend my days,   15
   To hear tidings from my darling fwain.

There's naething ftrange in Nature's change,
   Since parents fhew fuch cruelty ;
They caus'd my love from me to range,
   And knows not to what deftiny.   20
The pretty kids and tender lambs
   May ceafe to fport upon the plain ;

But I'll mourn and lament in deep difcontent
    For the abfence of my darling fwain.

Kind Neptune, let me thee entreat,   25
    To fend a fair and pleafant gale ;
Ye dolphins fweet, upon me wait,
    And convey me on your tail ;
Heaven blefs my voyage with fuccefs,
    While croffing of the raging main,   30
And fend me fafe o'er to that diftant fhore,
    To meet my lovely darling fwain.

All joy and mirth at our return
    Shall then abound from Tweed to Tay ;
The bells fhall ring and fweet birds fing,   35
    To grace and crown our nuptial day.
Thus blefs'd wi' charms in my love's arms,
    My heart once more I will regain ;
Then I'll range no more to a diftant fhore,
    But in love will enjoy my darling fwain.   40

FOURTEENTH OF OCTOBER.

YE gods ! was Strephon's picture bleft
With the fair heaven of Chloe's breaft ?
Move fofter, thou fond flutt'ring heart,
Oh gently throb,—too fierce thou art.

Tell me, thou brighteſt of thy kind,
For Strephon was the blifs defign'd ?
For Strephon's fake, dear charming maid,
Didſt thou prefer his wand'ring ſhade ?

And thou, bleſt ſhade, that ſweetly art
Lodg'd ſo near my Chloe's heart,
For me the tender hour improve,
And ſoftly tell how dear I love.
Ungrateful thing ! it ſcorns to hear
Its wretched maſter's ardent prayer,
Ingroſſing all that beauteous heaven,　　.
That Chloe, laviſh maid, has given.

I cannot blame thee ; were I lord
Of all the wealth theſe breaſts afford,
I'd be a miſer too, nor give
An alms to keep a god alive.
Oh ! ſmile not thus my lovely fair,
On theſe cold looks that lifeleſs are ;
Prize him whoſe boſom glows with fire,
With eager love and ſoft deſire.

'Tis true, thy charms, O pow'rful maid,
To life can bring the ſilent ſhade :
Thou canſt ſurpaſs the painter's art,
And real warmth and flames impart.
But, oh ! it ne'er can love like me,
I ever lov'd, and lov'd but thee :
Then, charmer, grant my fond requeſt ;
Say, thou canſt love, and make me bleſt.

FAIREST OF HER DAYS.

Whoe'er beholds my Helen's face,
  And fays not that good hap has fhe;
Who hears her fpeak, and tents her grace,
  Sall think nane ever fpake but fhe.
    The fhort way to refound her praife,   5
    She is the faireft of her days.

Who knows her wit, and not admires,
  He maun be deem'd devoid of fkill;
Her virtues kindle ftrong defires
  In them that think upon her ftill.   10
    The fhort way, &c.

Her red is like unto the rofe
  Whafe buds are op'ning to the fun,
Her comely colours do difclofe
  The firft degree of ripenefs won.   15
    The fhort way, &c.

And with the red is mixt the white,
  Like to the fun and fair moonfhine,
That does upon clear waters light,
  And makes the colour feem divine.   20
    The fhort way to refound her praife,
    She is the faireft of her days.

GILDEROY.

Ah! Chloris, could I now but fit
  As unconcern'd as when
Your infant-beauty could beget
  No happinefs nor pain.
When I this dawning did admire,   5
  And prais'd the coming day,
I little thought that rifing fire
  Would take my reft away.

Your charms in harmlefs childhood lay,
  As metals in a mine.   10
Age from no face takes more away,
  Than youth conceal'd in thine.
But as your charms infenfibly
  To their perfection preft :
So love as unperceiv'd did fly,   15
  And center'd in my breaft.

My paffion with your beauty grew,
  While Cupid at my heart,
Still as his mother favour'd you,
  Threw a new-flaming dart.   20

Each gloried in their wanton part :
  To make a lover, he
Employ'd the utmoſt of his art ;
  To make a beauty, ſhe.   36

GALLOWSHIELS.

Ah the ſhepherd's mournful fate !
  When doom'd to love, and doom'd to languiſh,
To bear the ſcornful fair one's hate,
  Nor dare diſcloſe his anguiſh !
Yet eager looks, and dying ſighs,   5
  My ſecret ſoul diſcover,
While rapture trembling through mine eyes,
  Reveals how much I love her :

The tender glance, the red'ning cheek,
  O'erſpread with riſing bluſhes,   10
A thouſand various ways they ſpeak
  A thouſand various wiſhes.
For oh ! that form ſo heavenly fair,
  Thoſe languid eyes ſo ſweetly ſmiling,
That artleſs bluſh, and modeſt air,   15
  So fatally beguiling.

Thy every look, and every grace,
  So charm, whene'er I view thee ;
          N 4

Till death o'ertake me in the chace,
  Still will my hopes purfue thee.   20
Then when my tedious hours are paft,
  Be this laft blefling given,
Low at thy feet to breathe my laft,
  And die in fight of heaven.   24

GREEN SLEEVES.

Ye watchful guardians of the fair,
Who fkiff on wings of ambient air,
Of my dear Delia take a care,
    And reprefent her lover
With all the gaiety of youth,   5
With honour, juftice, love, and truth ;
Till I return, her paffions foothe,
    For me in whifpers move her.

Be careful no bafe fordid flave,
With foul funk in a golden grave,   10
Who knows no virtue but to fave,
    With glaring gold bewitch her.
Tell her, for me fhe was defign'd,
For me who know how to be kind,
And have mair plenty in my mind,   15
    Than ane who's ten times richer.

Let all the warld turn upſide down,
And fools run an eternal round,
In queſt of what can ne'er be found,
    To pleaſe their vain ambition ;   20
Let little minds great charms eſpy,
In ſhadows which at diſtance ly,
Whoſe hop'd-for pleaſure when come nigh,
    Proves nothing in fruition :

But caſt into a mold divine,   25
Fair Delia does with luſtre ſhine,
Her virtuous ſoul's an ample mine,
    Which yields a conſtant treaſure.
Let poets in ſublimeſt lays,
Employ their ſkill her fame to raiſe ;   30
Let ſons of muſic paſs whole days,
    With well-tun'd reeds to pleaſe her.

HIGHLAND LADDIE.

THE lawland lads think they are fine ;
  But O, they're vain and idly gawdy !
How much unlike that gracefu' mien,
  And manly looks of my highland laddie !
    O my bonny, bonny highland laddie,   5
    My handſome charming highland laddie ;
    May heaven ſtill guard, and love reward
    Our lawland laſs, and her highland laddie.,

If I were free at will to·chuse,
   To be the wealthiest lawland lady,   10
I'd take young Donald without trews,
   With bonnet blew, and belted plaidy.
     O my bonny, &c.

The braweft beau in burrow's-town,
   In a' his airs, with art made ready,   15
Compar'd to him he's but a clown ;
   He's finer far in's tartan plaidy.
     O my bonny, &c.

O'er benty hill with him I'll run,
   And leave my lawland kin and daddy,   20
Frae winter's cauld, and fummer's fun,
   He'll fcreen me with his highland plaidy.
     O my bonny, &c.

A painted room, and filken bed,
   May pleafe a lawland laird and lady ;   25
But I can kifs and be as glad,
   Behind a bufh in's highland plaidy.
     O my bonny, &c.

Few compliments·between us pafs,
   I ca' him my dear highland laddie,   30
And he ca's me his lawland lafs,
   Syne rows me in beneath his plaidie.
     O my bonny, &c.

Nae greater joy I'll e'er pretend,
   Than that his love prove true and fleady,   35

Like mine to him, which ne'er ſhall end,
While Heaven preſerves my highland laddie.
O my bonny, &c.

Same Tune.

THE lawland maids gang trig and fine,
But aft they're four and unco ſawcy ;
Sae proud, they never can be kind
Like my good-humour'd highland laſſie.
O my bonny, bonny highland laſſie,   5.
My hearty ſmiling highland laſſie ;
May never care make thee leſs fair,
But bloom of youth ſtill bleſs my laſſie.

Than ony laſs in burrow's-town,
Wha mak their cheeks with patches mottie, 10
I'd take my Katty but a gown,
Bare-footed in her little coatie.
O my bonny, &c.

Beneath the brier or brecken buſh,
Whene'er I kiſs and court my dawtie ;   15.
Happy and blyth as ane wad wiſh,
My flighteren heart gangs pittie pattie.
O my bonny, &c.

N 6.

O'er higheſt hethery hills I'll ſten,
    With cockit gun and ratches tenty,   20
To drive the deer out of their den,
    To feaſt my laſs ou diſhes dainty.
        O my bonny, &c.

There's nane ſhall dare by deed or word,
    'Gainſt her to wag a tongue or finger,   25
While I can wield my truſty ſword,
    Or frae my ſide whiſk out a whinger.
        O my bonny, &c.

The mountains clad with purple bloom,
    And berries ripe, invite my treaſure   30
To range with me ; let great fowk gloom,
    While wealth and pride confound their pleaſure.
        O my bonny, bonny highland laſſie,
        My lovely ſmiling highland laſſie,
        May never care make thee leſs fair,   35
        But bloom of youth ſtill bleſs my laſſie.

<hr>

HAD A'WA' FRAE ME, DONALD.

O come awa', come awa',
    Come awa' wi' me, Jenny ;
Sick frowns I canna bear frae ane
    Whaſe ſmiles ance raviſh'd me, Jenny.

If you'll be kind, you'll never find   5
    That ought fall alter me, Jenny ;
For you're the miſtreſs of my mind,
    Whate'er you think of me, Jenny.

Firſt when your ſweets enſlav'd my heart,
    You ſeem'd to favour me, Jenny ;   10
But now, alas ! you act a part
    That ſpeaks unconſtancy, Jenny :
Unconſtancy is ſic a vice,
    'Tis not befitting thee, Jenny ;
It ſuits not wi' your virtue nice   15
    To carry ſae to me, Jenny.

HER ANSWER.

O had awa, had awa',
    Had awa' frae me, Donald ;
Your heart is made o'er large for ane,
    It is not meet for me, Donald.
Some fickle miſtreſs you may find,   5
    Will jilt as faſt as thee, Donald ;
To ilka ſwain ſhe will prove kind,
    And nae leſs kind to thee, Donald.

But I've a heart that's naething ſuch,
    'Tis fill'd with honeſty, Donald ;   10

I'll ne'er love money, I'll love much,
  I hate all levity, Donald.
Therefore nae mair, with art, pretend
  Your heart is chain'd to mine, Donald?
For words of falsehood ill defend   15
  A roving love like thine, Donald.

First when you courted, I must own
  I frankly favour'd you, Donald;
Apparent worth and fair renown,
  Made me believe you true, Donald.   20
Ilk virtue then seem'd to adorn
  The man esteem'd by me, Donald;
But now, the mask fall'n aff, I scorn
  To ware a thought on thee, Donald.

And now, for ever, had awa',   25
  Had awa' frae me, Donald;
Gae seek a heart that's like your ain,
  And come nae mair to me, Donald;
For I'll reserve mysell for ane,
  For ane that's liker me, Donald;   30
If sic a ane I canna find,
  I'll ne'er loe man, nor thee, Donald.

Donald.

Then I'm thy man, and false report
  Has only tald a lie, Jenny?
To try thy truth, and make us sport   35
  The tale was rais'd by me, Jenny.

Jenny.

When this ye prove, and ftill can love,
    Then come awa' to me, Donald ;
I'm weel content, ne'er to repent
    That I hae fmil'd on thee, Donald.   40

HAY's BONNY LASSIE.

BY fmooth-winding Tay a fwain was reclining;
Aft cry'd he, Oh hey! maun I ftill live pining
Myfell thus awa, and darna difcover
To my bonny Hay that I am her lover ?

Nae mair it will hide, the flame waxes ftronger!
If fhe's not my bride, my days are nae longer ; 6
Then I'll take a heart, and try at a venture,
May be, e'er we part, my vows may content her.

She's frefh as the fpring, and fweet as Aurora,
When birds mount and fing, bidding Day a good
    morrow ;   10
The fwaird of the mead, enamell'd with daifies,
Looks wither'd and dead when twin'd of her
    graces.

But if she appear where verdure invites her,
The fountains run clear, and flowers smell the
    sweeter ;
'Tis heaven to be by when her wit is a-flowing, 15
Her smiles and bright eye set my spirits a-glow-
    ing.

The mair that I gaze, the deeper I'm wounded ;
Struck dumb with amaze, my mind is confound-
    ed ;
I'm all in a fire, dear maid, to carefs ye,   20
For a' my defire is Hay's bonny laffie. ·

HAP ME WI' THY PETTICOAT.

O BELL, thy looks hae kill'd my heart,
  I pafs the day in pain ;
When night returns, I feel the smart,
  And wifh for thee in vain.
I'm ftarving cold, while thou art warm ;   5
  Have pity and incline,
And grant me for a hap that charm-
    ing petticoat of thine.

My ravifh'd fancy in amaze
  Still wanders o'er thy charms,   10
Delufive dreams ten thoufand ways
  Prefent thee to my arms.

But waking, think what I endure,
  While cruel you decline
Thofe pleafures, which alone can cure   15
  This panting breaft of mine.

I faint, I fail, and wildly rove,
  Becaufe you ftill deny
The juft reward that's due to love,
  And let true paffion die.   20
Oh! turn, and let compaffion feize
  That lovely breaft of thine;
Thy petticoat could give me eafe,
  If thou and it were mine.

Sure heaven has fitted for delight   25
  That beauteous form of thine,
And thou'rt too good its law to flight,
  By hind'ring the defign.
May all the powers of love agree,
  At length to make thee mine;   30
Or loofe my chains, and fet me free
  From ev'ry charm of thine.

HAPPY CLOWN.

How happy is the rural clown,
Who, far remov'd from noife of town,
Contemns the glory of a crown,

And in his safe retreat,
Is pleas'd with his low degree,   5
Is rich in decent poverty,
From strife, from care, and bus'nefs free,
    At once baith good and great ?

Nae drums difturb his morning fleep,
He fears nae danger of the deep,   10
Nor noify law, nor courts ne'er heap
    Vexation on his mind ;
No trumpets rouze him to the war,
No hopes can bribe, no threats can dare ;
From state intrigues he holds afar,   15
    And liveth unconfin'd.

Like thofe in golden ages born,
He labours gently to adorn
His fmall paternal fields of corn,
    And on their product feeds ;   20
Each feafon of the wheeling year,
Induftrious he improves with care,
And ftill fome ripen'd fruits appear,
    So well his toil fucceeds.

Now by a filver ftream he lies,   25
And angles with his baits and flies,
And next the fylvan fcene he tries,
    His fpirits to regale ;
Now from the rock or height he views
His fleecy flock, or teeming cows ;   30

Then tunes his reed, or tries his mufe,
    That waits his honeft call.

Amidft his harmlefs eafy joys,
No care his peace of mind deftroys,
Nor does he pafs his time in toys   35
    Beneath his juft regard :
He's fond to feel the zephyr's breeze,
To plant and fned his tender trees ;
And for attending well his bees,
    Enjoys their fweet reward.   40

The flow'ry meads and filent coves,
The fcenes of faithful rural loves,
And warbling birds on blooming groves,
    Afford a wifh'd delight ;
But O how pleafant is this life !   45
Bleft with a chafte and virtuous wife,
And children prattling, void of ftrife,
    Around his fire at night !

HALLOW EVEN.

WHY hangs that cloud upon thy brow,
    That beauteous heaven e'erwhile ferene ?
Whence do thofe ftorms and tempefts flow ?
    Or what this guft of paffion mean ?

And muſt then mankind loſe that light,   5
  Which in thine eyes was wont to ſhine,
And lie obſcur'd in endleſs night,
  For each poor ſilly ſpeech of mine ?

Dear child, how can I wrong thy name,
  Since it's acknowledg'd at all hands,   10
That could ill tongues abuſe thy fame,
  Thy beauty could make large amends ?
Or if I durſt profanely try
  Thy beauty's pow'rful charms t' upbraid,
Thy virtue well might give the lye,   15
  Nor call thy beauty to its aid.

For Venus, ev'ry heart t' enſnare,
  With all her charms has deck'd thy face ;
And Pallas, with unuſual care,
  Bids Wiſdom heighten ev'ry grace.   20
Who can the double pain endure ?
  Or who muſt not reſign the field
To thee, celeſtial maid, ſecure
  With Cupid's bow, and Pallas' ſhield ?

If then to thee ſuch pow'r is given,   25
  Let not a wretch in torment live,
But ſmile, and learn to copy Heaven,
  Since we muſt ſin e'er it forgive.
But pitying Heaven not only does
  Forgive th' offender and th' offence,   30
But even itſelf, appeas'd, beſtows,
  As the reward of penitence.

I'LL NEVER LEAVE THEE.

Johny.

Tho' for seven years and mair honour shou'd
    reave me,
To fields where cannons rair, thou need na grieve
    thee ;
For deep in my spirits thy sweets are indented,
And love shall preserve ay what love has imprinted.
Leave thee, leave thee, I'll never leave thee,   5
Gang the warld as it will, dearest, believe me.

Nelly.

O Johny ! I'm jealous whene'er ye discover
My sentiments yielding, ye'll turn a loose rover ;
And nought i' the warld wad vex my heart fairer
If you prove unconstant, and fancy ane fairer. 10
Grieve me, grieve me, oh it wad grieve me !
A' the lang night and day, if you deceive me.

Johny.

My Nelly, let never sick fancies oppress ye,
For while my blood's warm I'll kindly caress ye :
Your blooming saft beauties first beeted Love's fire,
Your virtue and wit make it ay flame the higher. 16
Leave thee, leave thee, I'll never leave thee,
Gang the warld as it will, dearest, believe me.

Nelly.

Then, Johny, I frankly this minute allow ye
To think me your miftrefs, for love gars me trow
    ye;   20
And gin you prove fa'fe, to ye'rfell be it faid then;
Ye'll win but fma' honour to wrang a kind maiden·
Reave me, reave me, Heav'ns! it wad reave me
Of my reft night and day, if ye deceive me.

Johny.

Bid icefhogles hammer red gads on the ftuddy, 25
And fair fimmer mornings nae mair appear ruddy;
Bid Britons think ae gait, and when they obey ye,
But never till that time believe I'll betray ye.
Leave thee, leave thee, I'll never leave thee;
The ftarns fhall gang witherfhins e'er I deceive
    thee.   30

Same Tune.

One day I heard Mary fay,
   How fhall I leave thee?
Stay, deareft Adonis, ftay,
   Why wilt thou grieve me?
Alas! my fond heart will break,   5
   If thou fhou'd leave me:

I'll live and die for thy fake,
  Yet never leave thee.

Say, lovely Adonis, fay,
  Has Mary deceiv'd thee ?   10
Did e'er her young heart betray
  New love, that's griev'd thee ?
My conftant mind ne'er fhall ftray,
  Thou mayft believe me,
I'll love thee, lad, night and day,   15
  And never leave thee.

Adonis, my charming youth,
  What can relieve thee ?
Can Mary thy anguifh foothe !
  This breaft fhall receive thee.   20
My paffion can ne'er decay,
  Never deceive thee :
Delight fhall drive pain away,
  Pleafure revive thee.

But leave thee, leave thee, lad,   25
  How fhall I leave thee ?
O ! that thought makes me fad,
  I'll never leave thee.
Where would my Adonis fly ?
  Why does he grieve me ?   30
Alas ! my poor heart will die,
  If I fhould leave thee.

I WISH MY LOVE WERE IN A MYRE.

Blest as th' immortal gods is he,
The youth who fondly fits by thee,
And hears and fees thee all the while
Softly fpeak and fweetly fmile !

'Twas this bereav'd my foul of reft,
And rais'd fuch tumults in my breaft ;
For while I gaz'd in tranfport toft,
My breath was gone, my voice was loft :

My bofom glow'd ; the fubtile flame
Ran quick through all my vital frame ;
O'er my dim eyes a darknefs hung,
My ears with hollow murmurs rung :

In dewy damps my limbs were chill'd,
My blood with gentle horrors thrill'd,
My feeble pulfe forgot to play,
I fainted, funk, and dy'd away.

JOCKY BLYTH AND GAY.

Blyth Jocky young and gay, is all my heart's
        delight ;
He's all my talk by day, and all my dream by
        night.
    If from the lad I be, it's winter then with me ;
    But when he tarries here, it's fummer all the
        year.

When I and Jocky met firft on the flowery dale, 5
Right fweetly he me tret, and love was a' his tale.
    You are the lafs, faid he, that ftaw my heart
        frae me.
    O eafe me of my pain, and never fhaw difdain.

Well can my Jocky kyth his love and courtefie,
He made my heart fu' blyth when he firft fpake
        to me.   10
    His fuit I ill deny'd ; he kifs'd, and I comply'd :
    Sae Jocky promis'd me, that he wad faithful be.

I'm glad when Jocky comes, fad when he gangs
        away ;
'Tis night when Jocky glooms, but when he fmiles
        'tis day.

When our eyes meet I pant, I colour, figh, and
    faint ;   15
What lafs that wad be kind can better tell her
    mind ?

I'LL NE'ER LOVE THEE MORE.

BY THE GREAT MARQUIS OF MONTROSE,

PART FIRST.

My dear and only love, I pray,
    That little world of thee,
Be govern'd by no other fway,
    But pureft monarchy :
For if confu on have a part,   5
    Which virtuous fouls abhor,
I'll call a fynod in my heart,
    And never love thee more.

As Alexander I will reign,
    And I will reign alone ;   10
My thoughts did evermore difdain
    A rival on my throne.
He either fears his fate too much,
    Or his deferts are fmall,

Who dares not put it to the touch,   15
  To gain or lofe it all.

But I will reign and govern ftill,
  And always give the law ;
And have each fubject at my will,
  And all to ftand in awe ;   20
But 'gainft my batt'ries if I find
  Thou ftorm or vex me fore,
And if thou fet me as a blind,
  I'll ne zer love thee more.

And in the empire of thy heart,   25
  Where I fhould folely be,
If others do pretend a part,
  Or dare to fhare with me ;
Or committees if thou erect,
  Or go on fuch a fcore,   30
I'll, fmiling, mock at thy neglect,
  And never love thee more.

But if no faithlefs action ftain
  Thy love and conftant word,
I'll make thee famous by my pen,   35
  And glorious by my fword.
I'll ferve thee in fuch noble ways,
  As ne'er was known before ;
I'll deck and crown thy head. with bays,
  And love thee more and more.   40

SECOND PART.

My dear and only love, take heed,
  Left thou thyfelf expofe ;
And let all longing lovers feed
  Upon fuch looks as thofe.
A marble wall then build about,   5
  Befet without a door ;
But if thou let thy heart fly out,
  I'll never love thee more.

Let not their oaths, like vollies fhot,
  Make any breach at all,   10
Nor fmoothnefs of their language plot,
  Which way to fcale the wall ;
Nor balls of wild-fire love confume
  The fhrine which I adore :
For if fuch fmoak about thee fume,
  I'll never love thee more.

I think thy virtues be too ftrong
  To fuffer by furprife ;
Which victual'd by my love fo long,
  The fiege at length muft rife ;
And leave thee ruled in that health
  And ftate thou was before :

But if thou turn a commonwealth,
  I'll never love thee more.

But if by fraud, or by confent,   25
  Thy heart to ruin come,
I'll found no trumpet, as I wont,
  Nor march by tuk of drum;
But hold my arms, like enfigns up,
  Thy falfehood to deplore,   30
And bitterly will figh and weep,
  And never love thee more.

I'll do with thee as Nero did,
  When Rome was fet on fire;
Not only all relief forbid,   35
  But to a hill retire;
And fcorn to fhed a tear to fee,
  The fpirit grow fo poor;
But, fmiling, fing until I die,
  I'll never love thee more.   40

Yet for the love I bore thee once,
  Left that thy name fhould die,
A monument of marble-ftone
  The truth fhall teftifie;
That every pilgrim paffing by,   45
  May pity and deplore
My cafe, and read the reafon why
  I can love thee no more.

O 3

The golden laws of love fhall be
 Upon this pillar hung,
" A fimple heart, a fingle eye,
 " A true and conftant tongue.
" Let no man for more love prétend
 " Than he has hearts in ftore :
" True love begun fhall never end ;
 " Love one and love no more."

Then fhall thy heart be fet by mine,
 But in far different cafe ;
For mine was true, fo was not thine,
 But lookt like Janus' face.
For as the waves with every wind,
 So fails thou every fhore,
And leaves my conftant heart behind ;
 How can I love thee more ?

My heart fhall with the fun be fixt,
 For conftancy moft ftrange,
And thine fhall with the moon be mixt,
 Delighting ay in change.
Thy beauty fhin'd at firft moft bright,
 And woe is me therefor,
That e'er I found thy love fo light,
 I could love thee no more.

The mifty mountains, fmoaking lakes,
 The rocks refounding echo ;
The whiftling wind that murmur makes,
 Shall all with me fing hey ho.

The toffing feas, the tumbling boats,
    Tears dropping from each fhore,
Shall tune with me their turtle notes,
    I'll never love thee more.   80

As doth the turtle chafte and true
    Her fellow's death regret,
And daily mourns for his adieu,
    And ne'er renews her mate;
So, though thy faith was never faft,   85
    Which grieves me wond'rous fore,
Yet I fhall live in love fo chafte,
    That I fhall love no more.

And when all gallants ride about,
    Thefe monuments to view,   90
Whereon is written in and out,
    " Thou trait'rous and untrue;"
Then in a paffion they fhall paufe,
    And thus fay, fighing fore,
Alas! he had too juft a caufe   95
    Never to love thee more.

And when that tracing goddefs Fame
    From eaft to weft fhall flee,
She fhall record it to thy fhame,
    How thou haft loved me;   100
And how in odds our love was fuch
    As few has been before;
Thou lov'd too many, I too much,
    That I can love no more.   104

I FIXT MY FANCY ON HER.

Bright Cynthia's power divinely great,
   What heart 's not obeying ?
A thoufand Cupids on her wait,
   And in her eyes are playing.
She feems the quee of love to reign ;   5
   For fhe alone difpenfes
Such weets as beft can entertain
   The guft of all the fenfes.

Her face a charming profpeft brings,
   Her breath gives balmy bliffes ;   10
I hear an angel when fhe fings,
   And tafte of heav'n in kiffes.
Four fenfes thus fhe feafts with joy,
   From Nature's richeft treafure ;
Let me the other fenfe employ,   15
   And I fhall die with pleafure.

I'LL GAR YE BE FAIN TO FOLLOW ME.

He.

ADIEU, for a while, my native green plains,
My neareſt relations, my neighbouring ſwains;
Dear Nelly, frae thofe I'd ſtart eaſily free,
Were minutes not ages, while abſent frae thee.

She.

Then tell me the reafon, thou doſt not obey   5
The pleadings of love, but thus hurry away?
Alake! thou deceiver, o'er plainly I fee,
A lover ſae roving will never mind me.

He.

The reafon unhappy is owing to fate,
That gave me a being without an eſtate,   10
Which lays a neceſſity now upon me,
To purchafe a fortune for pleafure to thee.

She.

Small fortune may ferve where love has the
    ſway,
Then Johnny be counfel'd na langer to ſtray:

O 5

For while thou proves conſtant in kindneſs to me﹐
Contented I'll ay find a treaſure in thee.   16

He.

O ceaſe, my dear charmer, elſe ſoon I'll betray
A weakneſs unmanly, and quickly give way
To fondneſs, which may prove a ruin to thee,
A pain to us baith, and diſhonour to me.

Bear witneſs, ye ſtreams, and witneſs ye flow-
    ers,   20
Bear witneſs, ye watchful inviſible powers,
If ever my heart be unfaithful to thee,
May naething propitious e'er ſmile upon me.

JOHN ANDERSON MY JO.

'TIS not your beauty nor your wit,
    That can my heart obtain ;
For they could never conquer yet
    Either my breaſt or brain ;
For if you'll not prove kind to me,   5
    And true as heretofore,
Henceforth your ſlave I'll ſcorn to be,
    Nor doat upon you more.

Think not my fancy to o'ercome,
    By proving thus unkind ;   10

No fmoothed figh, nor fmiling frown,
   Can fatisfy my mind.
Pray let Platonics play fuch pranks,
   Such follies I deride ;
For love at leaft I will have thanks,   15
   And fomething elfe befide.

Then open-hearted be with me,
   As I fhall be with you,
And let your actions be as free
   As virtue will allow.   20
If you'll prove loving, I'll prove kind :
   If true, I'll conftant be :
If Fortune chance to change your mind,
   I'll turn as foon as ye.

Since our affections well ye know   25
   In equal terms do ftand,
'Tis in your pow'r to love or no,
   Mine's likewife in my hand.
Difpenfe with your aufterity,
   Inconftancy abhor ;   30
Or, by great Cupid's deity,
   I'll never love you more.

JOCKY AND JENNY.

Jocky.

WHEN Jocky was bleſt with your love and your
    truth,
Not on Tweed's pleaſant banks dwelt . ſo blyth-
    ſome a youth :
With Jenny I ſported it all the day long,
And her name was the burden and joy of my
    ſong.
And her name was the burden and joy of my ſong. 5

Jenny.

E'er Jocky had ceas'd all his kindneſs to me,
There liv'd in a vale not ſo happy a ſhe :
Such pleaſures with Jocky his Jenny had known,
That ſhe ſcorn'd in a cot the ſine folks of the
    town.

Jocky.

Ah ! Jocky, what fear now poſſeſſes thy mind, 10
That Jenny ſo conſtant, to Willie's been kind !
When dancing ſo gay with the nymphs on the
    plain,
She yielded her hand and her heart to the ſwain.

Jenny.

You falfely upbraid,—but remember the day
With Lucy you toy'd it beneath the new hay ; 25
When alone with your Lucy, the fhepherds have
  faid,
You forgot all the vows that to Jenny you made.

Jocky.

Believe not, fweet Jenny, my heart ftray'd from
  thee,
For Lucy the wanton's a maid ftill for me :
From a lafs that's fo true your fond Jocky ne'er
  rov'd, 20
Nor once could forfake the kind Jenny he lov'd.

Jenny.

My heart for young Willy ne'er panted nor figh'd;
For you of that heart was the joy and the pride.
While Tweed's waters glide, fhall your Jenny be
  true,
Nor love, my dear Jocky, a fhepherd like you. 25

Jocky.

No fhepherd e'er met with fo faithful a fair ;
For kindnefs no youth can with Jocky compare.
We'll love then, and live from fierce jealoufy free,
And none on the plain fhall be happy as we.

KATHARINE OGIE.

As walking forth to view the plain,
    Upon a morning early,
While May's fweet fcent did cheer my brain,
    From flow'rs which grew fo rarely:
I chanc'd to meet a pretty maid,   5
    She fhin'd though it was foggy:
I afk'd her name: Sweet Sir, fhe faid,
    My name is Katharine Ogie.

I ftood a while, and did admire,
    To fee a nymph fo ftately;   10
So brifk an air there did appear,
    In a country maid fo neatly:
Such natural fweetnefs fhe difplay'd,
    Like a lilie in a bogie;
Diana's felf was ne'er array'd   15
    Like this fame Katharine Ogie.

Thou flow'r of females, Beauty's queen,
    Who fees thee fure muft prize thee;
Though thou art dreft in robes but mean,
    Yet thefe cannot difguife thee;   20
Thy handfome air and graceful look,
    Far excells any clownifh rogie;

Thou'rt match for laird, or lord, or duke,
   My charming Katharine Ogie.

O were I but a shepherd swain !   25
   To feed my flock beside thee,
At boughting time to leave the plain,
   In milking to abide thee ;
I'd think myself a happier man,
   With Kate, my club, and dogie,   30
Than he that hugs his thousands ten,
   Had I but Katharine Ogie.

Then I'd despise th' imperial throne,
   And statesmen's dangerous stations :
I'd be no king, I'd wear no crown,   35
   I'd smile at conqu'ring nations :
Might I caress and still possess
   This lass of whom I'm vogie ;
For these are toys, and still look less,
   Compar'd with Katharine Ogie.   40

But I fear the gods have not decreed
   For me so fine a creature
Whose beauty rare makes her exceed
   All other works in nature.
Clouds of despair surround my love,   45
   That are both dark and foggy :
Pity my case, ye powers above,
   Else I die for Katharine Ogie.

KIND ROBIN LO'ES ME.

Wₕₗₗₛₜ I alone your foul poſſeſt,
And none more lov'd your boſom preſt.
Ye gods, what king like me was bleſt,
    When kind Jenny lo'ed me!
      Hey ho, Jenny, quoth he,   5
      Kind Robin lo'es thee.

Jeany.

Whilſt you ador'd no other fair,
Nor Kate with me your heart did ſhare,
What queen with Jenny cou'd compare,
    When kind Robin lo'ed me!   12
      Hey ho, Jenny, &c.

Robin.

Katy now commands my heart,
Kate who ſings with ſo much art,
Whoſe life to ſave with mine I'd part ;
    For kind Katy lo'es me.   15
      Hey ho, Jenny, &c.

Jeany.

Patie now delights mine eyes,
He with equal ardour dies,

Whofe life to fave I'd perifh twice;
    For kind Patie lo'es me.   20
      Hey ho, Robin, &c.

Robin.

What if Kate for thee difdain,
And former love return again,
To link us in the ftrongeft chain :
    For kind Robin lo'es thee.   25
      Hey ho, Jenny, &c.

Jenny.

Though Patie's kind, as kind can be,
And thou more ftormy than the fea,
I'd chufe to live and die with thee,
    If kind Robin lo'es me.   30
      Hey ho, Robin, &c.

THE LAST TIME I CAME O'ER THE MUIR.

THE laft time I came o'er the muir,
    I left my love behind me !
Ye powers ! what pain do I endure,
    When foft ideas mind me ?
Soon as the ruddy morn difplay'd   5
    The beaming day enfuing,
I met betimes my lovely maid.
    In fit retreats for wooing.

Beneath the cooling fhade we lay,
   Gazing and chaftely fporting ;   10
We kifs'd and promis'd time away,
   Till Night fpread her black curtain.
I pitied all beneath the fkies,
   Ev'n kings, when fhe was nigh me;
In raptures I beheld her eyes,   15
   Which cou'd but ill deny me.

Shou'd I be call'd where cannons roar,
   Where mortal fteel may wound me,
Or caft upon fome foreign fhore,
   Where dangers may furround me :   20
Yet hopes again to fee my love,
   To feaft on glowing kiffes,
Shall make my care at diftance move,
   In profpect of fuch bliffes.

In all my foul there's not one place,   25
   To let a rival enter ;
Since fhe excels in ev'ry grace,
   In her my love fhall center.
Sooner the feas fhall ceafe to flow,
   Their waves the Alps fhall cover,   30
On Greenland-ice fhall rofes grow,
   Before I ceafe to love her.

The next time I gang o'er the muir,
   She fhall a lover find me;
And that my faith is firm and pure,   35
   Tho' I left her behind me :

Then Hymen's facred bonds fhall chain
  My heart to her fair bofom ;
There, while my being does remain,
  My love more frefh fhall bloffom.   40

LOGAN WATER.

For ever, Fortune, wilt thou prove
An unrelenting foe to love ;
And when we meet a mutual heart,
Come in between and bid them part ;

Bid them figh on from day to day,   5
And wifh, and pine their foul away,
Till youth and genial years are flown,
And all the life of Love is gone ?

But bufy, bufy ftill art thou,
To bind the lovelefs, joylefs vow,   10
The heart from pleafure to delude,
And join the gentle to the rude.

For once, O Fortune, hear my pray'r,
And I abfolve thy future care ;
All other wifhes I refign,   15
Make but the dear Amanda mine.

Same Tune.

Tell me, Hamilla, tell me why
  Thou doft from him that loves thee run?
Why from his foft embraces fly,
  And all his kind endearments fhun?
So flies the fawn, with fear oppreft,   5
  Seeking its mother every where,
It ftarts at ev'ry empty blaft,
  And trembles when no danger's near.

And yet I keep thee but in view,
  To gaze the glories of thy face;   10
Nor with a hateful ftep purfue,
  As age, to rifle ev'ry grace.
Ceafe then, dear Wildnefs, ceafe to toy,
  But hafte all rivals to outfhine,
And, grown mature and ripe for joy,   15
  Leave Mamma's arms, and come to mine.

LEADER-HAUGHS.

WHEN Phœbus bright the azure fkies
   With golden rays enlight'neth,
He makes all Nature's beauties rife,
   Herbs, trees, and flow'rs he quick'neth:
Amongft all thofe he makes his choice,   5
   And with delight goes thorough,
With radiant beams and filver ftreams
   O'er Leader-haughs and Yarrow.

When Aries the day and night
   In equal length divideth,   10
And frofty Saturn takes his flight,
   Nae langer he abideth;
Then Flora Queen, with mantle green,
   Cafts aff her former forrow,
And vows to dwell with Ceres' fell,   15
   In Leader-haughs and Yarrow.

Pan, playing on his aiten reed,
   And fhepherds him attending,
Do here refort their flocks to feed,
   The hills and haughs commending;   20

With cur and kent upon the bent,
   Sing to the ſun good-morrow,
And ſwear nae fields mair pleaſure yield
   Than Leader-haughs and Yarrow.

An houſe there ſtands on Leader-ſide,   25
   Surmounting my deſcriving,
With rooms ſae rare, and windows fair,
   Like Dedalus' contriving;
Men paſſing by, do aften cry,
   In ſooth it hath no marrow;   30
It ſtands as ſweet on Leader-ſide,
   As Newark does on Yarrow.

A mile below wha liſts to ride,
   They'll hear the mavis ſinging;
Into St. Leonard's banks ſhe'll bide,   35
   Sweet birks her head o'erhinging;
The lintwhite loud and Progne proud,
   With tuneful throats and narrow,
Into St. Leonard's banks they ſing
   As ſweetly as in Yarrow.   40

The lapwing lilting o'er the lee,
   With nimble wings ſhe ſporteth;
But vows ſhe'll flee far from the tree
   Where Philomel reſorteth:
By break of day the lark can ſay,   45
   I'll bid you a good-morrow,
I'll ſtretch my wing, and mounting, ſing
   O'er Leader-haughs and Yarrow.

Park, Wantonwaws, and Woodencleugh,
   The Eaſt and Weſtern Mainſes,   50
The wood of Lauder's fair enough,
   The corns are good in Blainſhes ;
Where aits are fine, and ſold by kind,
   That if ye ſearch all thorough,
Mearns, Buchan, Mar, nane better are   55
   Than Leader-haughs and Yarrow.

In Burnmill Bog, and Whiteſlade Shaws,
   The fearful hare ſhe haunteth ;
Brighaugh and Braidwoodſhiel ſhe knaws,
   And Chapel-wood frequenteth ;   60
Yet when ſhe irks, to Kaidſly birks
   She rins, and ſighs for ſorrow,
That ſhe ſhould leave ſweet Leader-haughs,
   And cannot win to Yarrow.

What ſweeter muſic wad ye hear,   65
   Than hounds and beigles crying ?
The ſtarted hare rins hard with fear,
   Upon her ſpeed relying :
But yet her ſtrength it fails at length,
   Nae bielding can ſhe borrow   70
In Sorrel's fields, Cleckman, or Hags,
   And ſighs to be in Yarrow.

For Rockwood, Ringwood, Spotty, Shag,
   With ſight, and ſcent purſue her,
Till, ah ! her pith begins to flag,   75
   Nae cunning can reſcue her :

O'er dub and dyke, o'er feugh and fyke
   She'll rin the fields all thorough,
Till fail'd fhe fa's in Leader-haughs,
   And bids farewell to Yarrow.   80

Sing Erflington and Cowdenknows,
   Where Homes had anes commanding ;
And Drygrange with the milk-white ews,
   'Twixt Tweed and Leader ftanding :
The birds that flee thro' Redpath trees,   85
   And Gledfwood banks ilk morrow,
May chant and fing fweet Leader-haughs,
   And bonny howms of Yarrow.

But Minftrel-burn cannot affuage
   His grief while life endureth,   90
To fee the changes of this age,
   That fleeting time procureth :
For mony a place ftands in hard cafe,
   Where blyth fowk kend nae forrow,
With Homes that dwelt on Leader-fide,   95
   And Scots that dwelt on Yarrow.

Same Tune.

THE morn was fair, faft was the air,
   All nature's fweets were fpringing,

The buds did bow with silver dew,
  Ten thousand birds were singing;
When on the bent, with blyth content,   5
  Young Jamie sang his marrow,
Nae bonnier lass e'er trod the grass
  On Leader-haughs and Yarrow.

How sweet her face, where every grace
  In heavenly beauty's planted;   10
Her smiling een, and comely mien,
  That nae perfection wanted!
I'll never fret, nor bane my fate,
  But bless my bonny marrow:
If her dear smile my doubts beguile,,   15
  My mind shall ken nae sorrow.

Yet tho' she's fair, and has full share
  Of every charm inchanting,
Each good turns ill, and soon will kill
  Poor me, if love be wanting.   20
O bonny lass! have but the grace
  To think e'er ye gae further,
Your joys maun flit, if you commit
  The crying sin of murder.

My wand'ring ghaist will ne'er get rest,   25
  And night and day affright ye;
But if ye're kind, with joyful mind
  I'll study to delight ye;
Our years around with love thus crown'd,
  From all things joy shall borrow;   30

Thus none ſhall be more bleſt than we,
  On Leader-haughs and Yarrow.

O ſweeteſt Sue ! 'tis only you
  Can make life worth my wiſhes ;
If equal love your mind can move   35
  To grant this beſt of bliſſes.
Thou art my ſun, and thy leaſt frown
  Would blaſt me in the bloſſom ;
But if thou ſhine, and make me thine,
  I'll flouriſh in thy boſom.   40

LOCHABER NO MORE.

FAREWELL to Lochaber, and farewell, my Jean,
Where heartſome with thee I have mony a day
    been ;
For Lochaber no more, Lochaber no more,
We'll may be return to Lochaber no more.
Theſe tears that I ſhed they are a' for my dear, 5
And no for the dangers attending on weir ;
Tho' bore on rough ſeas to a far bloody ſhore,
May be to return to Lochaber no more.

Tho' hurricanes riſe, and raiſe every wind,
They'll ne'er make a tempeſt like that in my
    mind ;   10

Though loudeſt of thunder on louder waves ro1r,
That's naething like leaving my love on the ſhore.
To leave thee behind me, my heart is fair pain'd ;
By eaſe that's inglorious no fame can be gain'd ;
And beauty and love's the reward of the brave,
And I maun deſerve it before I can crave.   16

Then glory, my Jeany, maun plead my excuſe ;
Since honour commands me, how can I refuſe ?
Without it I ne'er can have merit for thee,
And without thy favour I'd better not be.   20
I gae then, my laſs, to win honour and fame,
And if I ſhould luck to come glorioufly hame,
I'll bring a heart to thee with love running o'er,
And then I'll leave thee and Lochaber no more.

LOVE IS THE CAUSE OF MY MOURNING.

By a murmuring ſtream a fair ſhepherdeſs lay,
Be ſo kind, O ye nymphs, I oft-times heard her ſay,
Tell Strephon I die, if he paſſes this way,
  And that love is the cauſe of my mourning.

Falſe ſhepherds, that tell me of beauty and charms,
You deceive me, for Strephon's cold heart never
      warms ;
Yet bring me this Strephon, let me die in his arms,
  Oh ! Strephon ! the cauſe of my mourning.

P 2

But firſt, ſaid ſhe, let me go down to the ſhades
    below,
E'er ye let Strephon know that I have lov'd him
    ſo;   10
Then on my pale cheek no bluſhes will ſhow,
    That love was the cauſe of my mourning.

Her eyes were ſcarce cloſed when Strephon came
    by;
He thought ſhe'd been ſleeping, and ſoftly drew
    nigh:
But finding her breathleſs, Oh heavens! he did cry,
    Ah, Chloris! the cauſe of my mourning.   16

Reſtore me my Chloris; ye nymphs, uſe your art.
They, ſighing, reply'd, 'Twas your eyes ſhot the
    dart,
That wounded the tender young ſhepherdeſs's
    heart,
    And kill'd the poor Chloris with mourning.

Ah then is Chloris dead, wounded by me! he ſaid;
I'll follow thee, chaſte maid, down to the ſilent
    ſhade.
Then on her cold ſnowy breaſt leaning his head,
    Expir'd the poor Strephon with mourning.

FOR THE SAKE OF GOLD.

For the sake of gold she has left me,
And of all that's dear has bereft me;
She me forsook for a great duke,
And to endless woe she has left me.
A star and garter have more art   5
Than youth, a true and faithful heart ;
For empty titles we must part ;
For glittering show she has left me.

No cruel fair shall ever move
My injured heart again to love ;   10
Thro' distant climates I must rove
Since Jeany she has left me.
Ye Powers above, I to your care
Resign my faithless lovely fair ;
Your choicest blessings be her share,   15
Tho' she has ever left me !

LASS OF LIVINGSTON.

PAIN'D with her flighting Jamie's love,
　Bell dropt a tear—Bell dropt a tear;
The gods defcended from above,
　Well pleas'd to hear—well pleas'd to hear;
They heard the praifes of the youth,　　　　　5
　From her own tongue—from her own tongue,
Who now converted was to truth,
　And thus fhe fung—and thus fhe fung :

Blefs'd days ! when our ingenuous fex,
　More frank and kind—more frank and kind, 10
Did not their lov'd adorers vex,
　But fpoke their mind—but fpoke their mind.
Repenting now, fhe promis'd fair,
　Would he return—would he return,
She ne'er again would give him care,　　　　15
　Or caufe him mourn—or caufe him mourn.

Why lov'd I the deferving fwain,
　Yet ftill thought fhame—yet ftill thought fhame,
When he my yielding heart did gain,
　To own my flame—to own my flame ?　　　20
Why took I pleafure to torment,
　And feem too coy—and feem too coy ?

Which makes me now, alas! lament
    My flighted joy,—my flighted joy.

Ye fair, while beauty's in its fpring,   25
    Own your defire—own your defire;
While Love's young power, with his foft wing
    Fans up the fire—fans up the fire.
Oh! do not with a filly pride,
    Or low defign—or low defign,   30
Refufe to be a happy bride,
    But anfwer plain—but anfwer plain.

Thus the fair mourner wail'd her crime,
    With flowing eyes—with flowing eyes;
Glad Jamie heard her all the time,   35
    With fweet furprize—with fweet furprize.
Some god had led him to the grove,
    His mind unchang'd—his mind unchang'd,
Flew to her arms, and cry'd, My love,
    I am reveng'd—I am reveng'd.

MARY SCOTT.

Happy's the love which meets return,
When in foft flames fouls equal burn;
But words are wanting to difcover
The torments of a hopelefs lover.

Ye regifters of Heav'n, relate,   5
If looking o'er the rolls of Fate,
Did you there fee me mark'd to marrow
Mary Scott the flower of Yarrow ?

Ah no ! her form's too heav'nly fair,
Her love the gods above muft fhare ;   10
While mortals with defpair explore her,
And at diftance due adore her.
O lovely maid ! my doubts beguile,
Revive and blefs me with a fmile :
Alas ! if not, you'll foon debar a   15
Sighing fwain the banks of Yarrow.

Be hufh, ye fears, I'll not defpair.
My Mary's tender as fhe's fair ;
Then I'll go tell her all mine anguifh,
She is too good to let me languifh ;   20
With fuccefs crown'd, I'll not envy
The folks who dwell above the fky ;
When Mary Scott's become my marrow,
We'll make a paradife in Yarrow.

MARY's DREAM.

THE moon had climb'd the higheft hill,
   Which rifes o'er the fource of Dee,

And from the eastern summit shed
  Her silver light on tow'r and tree.
When Mary laid her down to sleep, 5
  Her thoughts on Sandy far at sea ;
When soft and low a voice was heard,
  Say, " Mary, weep no more for me."

She from her pillow gently rais'd
  Her head to ask, who there might be ? 10
She saw young Sandy shiv'ring stand,
  With visage pale and hollow eye ;
" O Mary dear, cold is my clay,
  " It lies beneath a stormy sea,
" Far, far from thee, I sleep in death, 15
  " So, Mary, weep no more for me.

" Three stormy nights and stormy days
  " We tofs'd upon the raging main :
" And long we strove our bark to save,
  " But all our striving was in vain. 20
" Ev'n then, when horror chill'd my blood,
  " My heart was fill'd with love for thee :
" The storm is paft, and I at reft,
  " So, Mary, weep no more for me.

" O maiden dear, thyself prepare, 25
  " We soon shall meet upon that shore,
" Where love is free from doubt and care,
  " And thou and I shall part no more."
Loud crow'd the cock, the shadow fled,
  No more of Sandy could she see ; 30

P 5

But foft the paffing fpirit faid,
 " Sweet Mary, weep no more for me."

THE MILL, MILL—O.

Beneath a green fhade I faud a fair maid,
 Was fleeping found and ftill—O ;·
A' lowan wi' love, my fancy did rove
 Around her wi' good will—O :
Her bofom I preft ; but funk in her reft,   5
 She ftir'd na my joy to fpill—O :
While kindly fhe flept, clofe to her I crept,
 And kifs'd, and kifs'd her my fill—O.

Oblig'd by command in Flanders to land,
 T' employ my courage and fkill—O,   10
Frae her quietly I ftaw, hoift fails and awa,
 For the wind blew fair on the bill—O.
Twa years brought me hame, where loud-fraifing
   fame
 Tald me with a voice right fhrill—O,
My lafs, like a fool, had mounted the ftool,   15
 Nor kend wha had done her the ill—O.

Mair fond of her charms, with my fon in her arms,
 I ferlying fpeir'd how fhe fell—O.
Wi' the tear in her eye, quoth fhe, Let me die,
 Sweet Sir, gin I can tell—O.   20

Love gave the command, I took her by the hand,
  And bade her a' fears expel—O,
And nae mair look wan, for I was the man
  Wha had done her the deed myfel—O.

My bonny fweet lafs, on the gowany grafs,   25
  Beneath the Shilling-hill—O,
If I did offence, I'fe make ye amends
  Before I leave Peggy's mill—O.
O the mill, mill—O, and the kill, kill—O,
  And the coggin of the wheel—O :   30
The fack and the fieve, a' that ye maun leave,
  And round with a fodger reel—O.

MY DEARY AN' THOU DIE.

Love never more fhall give me pain,
  My fancy's fix'd on thee ;
Nor ever maid my heart fhall gain,
  My Peggy, if thou die.
Thy beauties did fuch pleafure give,   5
  Thy love's fo true to me.
Without thee I fhall never live,
  My deary, if thou die.

If fate fhall tear thee from my breaft,
  How fhall I lonely ftray ?   10

P 6

In dreary dreams the night I'll waste,
 In fighs the filent day.
I ne'er can fo much virtue find,
 Nor fuch perfection fee ;
Then I'll renounce all woman kind,   15
 My Peggy, after thee.

No new-blown beauty fires my heart
 With Cupid's raving rage,
But thine, which can fuch fweets impart,
 Muft all the world engage.   20
'Twas this that like the morning fun
 Gave joy and life to me ;
And when it's deftin'd day is done,
 With Peggy let me die.

Ye powers that fmile on virtuous love,   25
 And in fuch pleafure fhare ;
You who its faithful flames approve,
 With pity view the fair.
Reftore my Peggy's wonted charms,
 Thofe charms fo dear to me ;   30
Oh ! never rob me from thofe arms :
 I'm loft if Peggy die.

NANNY—O.

Wₕᵢₗₑ fome for pleafure pawn their health,
    'Twixt Lais and the Bagnio,
I'll fave myfell, and without ftealth,
    Kifs and carefs my Nanny—O.
She bids more fair t' engage a Jove,   5
    Than Leda did, or Danae—O :
Were I to paint the queen of Love,
    None elfe would fit but Nanny—O.

How joyfully my fpirits rife,
    When dancing fhe moves finely—O !   10
I guefs what heaven is by her eyes,
    Which fparkle fo divinely—O.
Attend my vow, ye gods, while I
    Breathe in the bleft Britannia,
None's happinefs I fhall envy,   15
    As lang's ye grant my Nanny—O.

CHORUS.

My bonny, bonny Nanny—O,
    My lovely charming Nanny—O !
I care not though the world know
    How dearly I love Nanny—O.

O'ER BOGIE.

I WILL awa' wi' my love,
  I will awa' wi' her,
Tho' a' my kin had sworn and said,
  I'll o'er Bogie wi' her,
If I can get but her confent,   5
  I dinna care a ftrae;
Though ilka ane be difcontent,
  Awa' wi' her I'll gae.
    I will awa', &c.

For now, fhe's miftrefs of my heart,   10
  And wordy of my hand,
And well I wat we fhanna part
  For filler or for land.
Let rakes delyte to fwear and drink,
  And beaus admire fine lace;   15
But my chief pleafure is to blink
  On Betty's bonny face.
    I will awa', &c.

There a' the beauties do combine,
  Of colour, treats, and air;   20
The faul that fparkles in her een
  Makes her a jewel rare;

Her flowing wit gives ſhining life
   To a' her other charms ;
How bleſt I'll be when ſhe's my wife,   25
   And lock'd up in my arms !
     I will awa, &c.

There blythly will I rant and ſing,
   While o'er her ſweets I range,
I'll cry, Your humble ſervant, king,   30
   Shame fa' them that wad change.
A kiſs of Betty and a ſmile,
   A beit ye wad lay down
The right ye hae to Britain's iſle
   And offer me your crown.   35
     I will awa', &c.

PINKY HOUSE.

By Pinky Houſe oft let me walk,
   While circled in my arms,
I hear my Nelly ſweetly talk ;
   And gaze o'er all her charms ;
O let me ever fond behold   5
   Thoſe graces void of art !
Thoſe cheerful ſmiles that ſweetly hold
   In willing chains my heart !

O come, my Love! and bring a-new
　That gentle turn of mind;　　　　　　　10
That gracefulnefs of air, in you,
　By nature's hand defign'd;
What beauty, like the blufhing rofe,
　Firft lighted up this flame;
Which, like the fun, for ever glows　　15
　Within my breaft the fame?

Ye light coquets! ye airy things!
　How vain is all your art!
How feldom it a lover brings!
　How rarely keeps a heart!　　　　　　20
O gather from my Nelly's charms,
　That fweet, that graceful eafe;
That blufhing modefty that warms,
　That native art to pleafe!

Come then, my love! O come along!　　25
　And feed me with thy charms;
Come, fair infpirer of my fong!
　O fill my longing arms!
A flame like mine can never die,
　While charms, fo bright as thine,　　30
So heav'nly fair, both pleafe the eye,
　And fill the foul divine!

Same Tune.

As Sylvia in a foreſt lay,
　To vent her woe alone ;
Her ſwain Sylvander came that way,
　And heard her dying moan.
Ah ! is my love, ſhe ſaid, to you   5
　So worthleſs and ſo vain ?
Why is your wonted fondneſs now
　Converted to diſdain ?

You vow'd the light ſhou'd darkneſs turn,
　E'er you'd exchange your love ;   10
In ſhades now may creation mourn,
　Since you unfaithful prove.
Was it for this I credit gave
　To ev'ry oath you ſwore ?
But ah ! it ſeems they moſt deceive,   15
　Who moſt our charms adore.

'Tis plain your drift was all deceit,
　The practice of mankind :
Alas ! I ſee it, but too late,
　My love had made me blind.   20
For you delighted, I could die ;
　But oh ! with grief I'm fill'd,

To think that credulous conſtant I
   Shou'd by yourſelf be kill'd.

This ſaid————all breathleſs, ſick, and pale   25
   Her head upon her hand,
She found her vital ſpirits fail,
   And ſenſes at a ſtand.
Sylvander then began to melt ;
   But e'er the word was given,   30
The heavy hand of death ſhe felt,
   And ſigh'd her ſoul to Heaven.

PEGGY, I MUST LOVE THEE.

As from a rock paſt all relief,
   The ſhipwreckt Colin ſpying
His native ſoil, o'ercome with grief,
   Half ſunk in waves, and dying :
With the next morning ſun he ſpies   5
A ſhip, which gives unhop'd ſurpriſe ;
New life ſprings up, he lifts his eyes
   With joy, and waits her motion.

So when by her whom long I lov'd,
   I ſcorn'd was, and deſerted,   10
Low with deſpair my ſpirits mov'd,
   To be for ever parted :

Thus droopt I, till diviner grace
I found in Peggy's mind and face ;
Ingratitude appear'd then bafe,   15
   But virtue more engaging.

Then, now fince happily I've hit,
   I'll have no more delaying ?
Let beauty yield to manly wit,
   We lofe ourfelves in ftaying :   20
I'll hafte dull courtfhip to a clofe,
Since marriage can my fears oppofe :
Why fhould we happy minutes lofe ?
   Since Peggy, I muft love thee.

Men may be foolifh, if they pleafe,   25
   And deem't a lover's duty,
To figh, and facrifice their eafe,
   Doating on a proud beauty :
Such was my cafe for many a year,
Still hope fucceeding to my fear,   30
Falfe Betty's charms now difappear
   Since Peggy's far outfhine them.

Same Tune.

Beneath a beech's grateful fhade
   Young Colin lay complaining ;

He figh'd, and feem'd to love a maid,
  Without hopes of obtaining :
For thus the fwain indulg'd his grief,   5
  Tho' pity cannot move thee,
Tho' thy hard heart gives no relief,
  Yet, Peggy, I muft love thee.

Say Peggy, what has Colin done,
  That thus you cruelly ufe him ?   10
If love's a fault, 'tis that alone
  For which you fhould excufe him !
'Twas thy dear felf firft rais'd this flame,
  This fire by which I languifh ;
'Tis thou alone can quench the fame,   15
  And cool its fcorching anguifh.

For thee I leave the fportive plain,
  Where ev'ry maid invites me ;
For thee, fole caufe of all my pain,
  For thee that only flights me :   20
This love that fires my faithful heart
  By all but thee's commended.
Oh ! would thou act fo good a part,
  My grief might foon be ended.

That beauteous breaft fo foft to feel,   25
  Seem'd tendernefs all over,
Yet it defends thy heart like fteel,
  'Gainft thy defpairing lover.
Alas ! tho' fhould it ne'er relent,
  Nor Colin's care e'er move thee,   30

Yet till life's lateſt breath is ſpent,
My Peggy, I muſt love thee.

POLWART ON THE GREEN.

Aᴛ Polwart on the green,
   If you'll meet me the morn,
Where laſſes do convene
   To dance about the thorn,
A kindly welcome you ſhall meet,   5
   Frae her wha likes to view
A lover and a lad complete,
   The lad and lover you.

Let dorty dames ſay Na,
   As lang as e'er they pleaſe,   10
Seem caulder than the ſna',
   While inwardly they bleeze ;
But I will frankly ſhaw my mind,
   And yield my heart to thee ;
Be ever to the captive kind,   15
   That langs na to be free.

At Polwart on the green,
   Amang the new-mawn hay,
With ſangs and dancing keen,
   We'll paſs the heartſome day.   20

At night, if beds be o'er thrang laid,
  And thou be twin'd of thine,
Thou fhalt be welcome, my dear lad,
  To tak a part of mine.   24

Same Tune.

Tho' beauty, like the rofe,
  That fmiles on Polwart green,
In various colours fhows,
  As 'tis by fancy feen :
Yet all its diff'rent glories ly   5
  United in thy face,
And virtue, like the fun on high,
  Gives rays to every grace.

So charming is her air,
  So fmooth, fo calm her mind,   10
That to fome angel's care
  Each motion feems affign'd :
But yet fo cheerful, fprightly, gay,
  The joyful moments fly,
As if for wings they ftole the ray   15
  She darteth from her eye.

Kind, am'rous Cupids, while
  With tuneful voice fhe fings,

Perfume her breath, and fmile,
    And wave their balmy wings :   20
But as the tender blufhes rife,
    Soft innocence doth warm,
The foul in blifsful extafies
    Diffolveth in the charm.   24

PEATY's MILL.

THE lafs of Peaty's mill,
    So bonny, blyth, and gay,
In fpite of all my fkill,
    Hath ftole my heart away.
When tedding of the hay   5
    Bare-headed on the green,
Love 'midft her looks did play,
    And wanton'd in her een.

Her arms, white, round, and fmooth,
    Breafts rifing in their dawn,   10
To age it would give youth,
    To prefs 'em with his hand :
Through all my fpirits ran
    An extafy of blifs,
When I fuch fweetnefs fand   15
    Wrapt in a balmy kifs.

Without the help of art,
   Like flowers which grace the wild,
She did her fweets impart,
   Whene'er fhe fpoke or fmil'd.   20
Her looks they were fo mild,
   Free from affected pride,
She me to love beguil'd,
   I wifh'd her for my bride.

O had I all that wealth   25
   Hoptoun's high mountains fill,
Infur'd long life and health,
   And pleafures at my will;
I'd promife and fulfil,
   That none but bonny fhe,   30
The lafs of Peaty's mill
   Shou'd fhare the fame with me.

END OF VOLUME FIRST.

www.ingramcontent.com/pod-product-compliance
Lightning Source LLC
Chambersburg PA
CBHW051115120726
47905CB00005B/1293